Ik hou v(

CW01639441

Cecily von Ziegesar

Ik hou van lekker

Gossip girl

Vertaald door Esther Ottens

Gottmer · Haarlem

Lees ook de andere delen uit de Gossip Girl-serie:

1. *Gossip Girl*
2. *We mailen!*
3. *Ik wil alleen maar alles*
4. *Omdat ik het waard ben*
5. *Ik hou van lekker*
6. *Ik wil jou voor altijd*
7. *Er is geen betere*

© 2004 17th Street Productions, an Alloy Company
Oorspronkelijke titel: *I Like It Like That*

Voor het Nederlandse taalgebied:
© 2005 Uitgeverij J.H. Gottmer / H.J.W. Becht BV,
Postbus 317, 2000 AH Haarlem (e-mail: post@gottmer.nl)
Uitgeverij J.H. Gottmer / H.J.W. Becht BV is onderdeel van
de Gottmer Uitgevers Groep BV
© 2005 Nederlandse vertaling: Esther Ottens, Haarlem
Omslagillustratie: Stefanie Kampman, Schiedam
Omslagontwerp: Jan Brands, 's-Hertogenbosch
Zetwerk: Rian Visser, Haarlem

Kijk voor meer informatie over de boeken van Gottmer op **www.gottmer.nl**
Gossip Girl heeft ook een eigen site: **www.gossipgirl.nl**

ISBN 90 257 3997 0
NUR 302/285

Behoudens de in of krachtens de Auteurswet van 1912 gestelde uitzonderingen mag niets uit deze uitgave worden verveelvoudigd, opgeslagen in een geautomatiseerd gegevensbestand, of openbaar gemaakt, in enige vorm of op enige wijze, hetzij elektronisch, mechanisch, door fotokopieën, opnamen of op een andere manier, zonder voorafgaande schriftelijke toestemming van de uitgever.

▷ **gossipgirl.nl**

topics | ◂ vorige | ▸ volgende | stel een vraag | reageer

Disclaimer: alle namen van plaatsen, mensen en gelegenheden zijn veranderd of afgekort om de onschuldigen te beschermen. Mij, vooral.

ha mensen!

Bedankt allemaal dat jullie vorige week op mijn feestje waren. Ik had wel eerder willen schrijven, maar echt, ik heb tot nu nodig gehad om bij te komen. Ik weet dat het een beetje maf was om op maandagavond een feestje te geven, maar is de week daarna niet voorbij gevlógen? Ik weet wel zeker dat jullie je allemaal nog steeds afvragen of ik die magere blondine met de smaragdgroene Jimmy Choos was, of die lange zwarte gast met die vette saffierblauwe nepwimpers. En het was zo lief van jullie om cadeautjes voor me mee te nemen – vooral die karamelkleurige poedelpuppy vond ik aanbiddelijk – terwijl jullie niet eens wisten wie ik was! Eerlijk gezegd vind ik het hartstikke leuk om een internationaal mysterie te zijn, dus voorlopig hou ik mijn identiteit voor me, hoe frustrerend dat ook mag zijn. Zie het maar als een afleiding van dat eindeloze wachten op een antwoord van onze favoriete scholen, een vermakelijke puzzel om op te lossen terwijl we lijden onder de stress en de verveling van deze bittere maartweken.

Niet dat we veel afleiding nodig hebben. Er is genoeg om ons bezig te houden: fantastische designkleren, gigantische appartementen mét personeel, landhuizen en vakantieoorden, creditcards zonder limiet, mooie diamanten, gave auto's (hoewel de meesten van ons nog geen rijbewijs hebben) en liefhebbende ouders van wie we alles mogen, zolang we de familie niet voor schut zetten. Bovendien is het bijna voorjaarsvakantie, en dan hebben we weer een heleboel vrije tijd om in actie te komen!

Gezien

S op ***Madison Avenue***, waar ze snorren tekende op haar gezicht op die coole reclameposters voor ***Serena's Tranen***, de nieuwe parfum van ***Les Best. B*** bij ***Sigerson Morrison*** in ***Prince Street***, waar ze haar schoenenfetisj uitleefde. ***N***, die een plastic tas vol vloeitjes, stickies, hasjpijpen, waterpijpen en aanstekers in een afvalbak in East Eighty-sixth Street gooide. ***D***, die 's avonds laat op het perron van de metro een sigaret rookte en de spoorwegpolitie uitdaagde hem te arresteren, en hem zodoende het hoognodige materiaal voor een nieuw gedicht te verschaffen. ***J*** met haar nieuwe beste vriendin ***E*** en haar vriendje ***L***, slenterend langs de kunstgaleries van ***Chelsea*** – geweldig mondain voor een stel derdeklassers. Wacht, volgens mij zit hij misschien zelfs in de vierde... Is er eigenlijk wel iemand die iets van die gast wéét?? ***V*** en haar hippe grote zus, die vuilniszakken op de stoep voor hun appartement in Williamsburg zetten. Voorjaarsschoonmaak? Of misschien ***D***'s in mootjes gehakte lijk? Iew! Sorry, dat was gemeen.

Jullie e-mail

V: Beste gossipgirl,
ik ben dus wel een beetje frustie omdat je niet gaat zeggen wie je bent. of wel? ik wil je nl best graag ontmoeten. wie weet, misschien ken ik je al! tot nu toe heb je wel zo'n beetje toegegeven dat je eindexamen doet op constance. klopt?
– qrious

A: Beste qrious,
ik ga je heus niet aan je neus hangen waar ik woon of in welke klas ik zit, hoor. Als je cool genoeg was voor mijn feestje, heb je me misschien gezien, hoewel ik meestal zo compleet omringd word door mijn... entourage dat het

niet meevalt een glimp van mij op te vangen. Blijf maar lekker nieuwsgierig. Uiteindelijk kom je er misschien wel achter.
– GG

V: Beste GG,
ben je eigenlijk wel cool, want als dat niet zo is, wordt het heel lastig voor je als iedereen eenmaal weet wie je bent. Zo van, het was gewoon een of ander lelijk jaloers wijf!
– wise

A: Beste wise,
je weet niet eens wat cool ís zolang je mij niet kent, en in jouw geval denk ik niet dat het er ooit van zal komen.
– GG

NU EVEN OVER DAT ENE DAT ONS STIEKEM TOCH WEL EEN BEETJE DWARSZIT...

Gaan we als maagd aan de studie of niet?

Doen we er nu meteen iets aan, met een jongen die we al jaren kennen? Nemen we in de voorjaarsvakantie afscheid van onze maagdelijkheid? In de zomervakantie? Of verhuizen we naar onze studentenkamer zoals we nu zijn, bijdehand maar onschuldig, klaar om het te doen met de eerste de beste mooie student die 'Kom bij me' tegen ons zegt? Misschien moeten we naar onze moeders en oudere zussen luisteren en wachten tot we 'eraan toe' zijn, wat dat ook mag betekenen. Er zijn natuurlijk ook meisjes die deze kwestie lang geleden al hebben opgelost en ervoor kiezen om hun studententijd aan belangrijkere dingen te besteden, zoals geologie en Freud. *Not.* Geloof me maar, ook al ben je nú geen maagd meer, zodra je op die campus aankomt voel je je weer precies zo. En dat is maar goed ook.

Nogmaals bedankt voor de cadeautjes! Dikke kussies – jullie zijn te gek!

Je weet dat je van me houdt,

gossip girl

zoals het klokje thuis tikt

'Naar welk eiland gaan we eigenlijk?' vroeg Blair Waldorf aan haar moeder.

Eleanor Waldorf Rose zat op de rand van Blairs bed naar haar dochter te kijken, die zich klaarmaakte voor school terwijl ze het over de voorjaarsvakantie hadden.

'Oahu, lieverd. Ik dacht dat ik dat al had gezegd. We gaan naar dat hotel aan de noordkust, zodat de jongens kunnen leren surfen.' Eleanor legde haar handen om haar bijna zeven maanden zwangere buik en keek fronsend naar de roomwitte muren, alsof ze er langs telepathische weg achter probeerde te komen wat voor behang de baby mooi zou vinden. Ze was in juni uitgerekend, en Blair zou snel daarna het huis uit gaan om te studeren. Eleanor en haar binnenhuisarchitect zouden vandaag bespreken hoe ze van Blairs kamer een kinderkamer konden maken.

'Maar ik bén al een keer op Oahu geweest,' klaagde Blair dramatisch. Ze wist al weken dat ze in de voorjaarsvakantie naar Hawaii zouden gaan, maar tot nu toe was ze vergeten te vragen naar welk eiland precies. Ze schopte de la van haar antieke mahoniehouten ladekast dicht en bekeek zichzelf in de grote passpiegel aan de deur van haar klerenkast. Haar dikke, bruine haar zat zorgvuldig in de war; de V-hals van haar witte kasjmier truitje was laag genoeg voor een bescheiden decolleté, zonder dat ze gevaar liep door mevrouw M., de directrice, naar huis te worden gestuurd omdat ze er als een sloerie bij liep; en haar nieuwe turqouise Sigerson Morrisons stonden zo fantastisch bij blote benen dat ze besloot geen maillot aan te trekken, ook al was het ongewoon kil voor maart en zou ze half doodvriezen. 'Ik wil ergens ánders heen,' voegde ze er pruilend aan toe, terwijl ze een tweede laagje Chanel-lipgloss opdeed.

'Dat weet ik, snoepje.' Haar moeder liet zich van het bed glijden en zakte door haar knieën om een kritische blik te werpen op een vervaarlijk uitziend stopcontact op de plint naast het raam. Zodra de babykamer klaar was, moest ze iemand inhuren om het hele huis kindvriendelijk te maken. 'Maar je bent nog nooit aan de noordkust geweest. Aaron zegt dat je nergens zo goed kan surfen.'

Tot Blairs ergernis had haar moeder een joggingbroek van beige velours aan, met het woord *Juicy* op de billen.

Hoezo ongepast?

'Wat, en besta ik soms niet meer?' wilde Blair weten. Ze rukte haar zachtblauwe wollen Dior-tas uit haar kast en smeet haar schoolspullen erin. 'Eerst schop je me mijn kamer uit en nu mag ik ook al niet meer meepraten over onze vakantiebestemming?'

'De jongens zijn op dit moment surfspullen aan het kopen. Misschien moet je even snel op Aarons computer gaan kijken of je zelf nog iets wilt hebben,' antwoordde haar moeder afwezig. Ze kroop nu op handen en knieën door de kamer, op zoek naar dingen die gevaarlijk konden zijn voor een baby. 'Weet je, ik dacht eerst aan abrikoos – meisjesachtig, maar toch niet té roze? Maar nu vraag ik me af of een groenachtig geel niet veel mooier is. Andijvie.'

Blair had er genoeg van. Ze wilde niet naar de noordkust van Oahu, ze had geen zin om surfspullen te kopen, ze wilde het niet over de kleur van die stomme babykamer hebben en ze had er al helemaal geen behoefte aan om naar het woord *Juicy* op de dikke, zwangere kont van haar moeder te kijken.

Met nog een laatste spuitje van haar favoriete Marc Jacobs-parfum vertrok ze zonder zelfs maar gedag te zeggen naar school.

'Yo, Blair. Kom eens hier!' riep haar 17-jarige stiefbroer toen ze langs zijn kamer beende.

Blair bleef staan en stak haar hoofd om de deur. Aaron en haar 12-jarige broertje Tyler zaten gebroederlijk samen op Aarons van natuurlijke materialen gemaakte bureaustoel en bestelden met de creditcard van Cyrus Rose online surfspullen. In een poging net zulke dreadlocks te kweken als Aaron had, was Tyler opgehouden zijn haar te kammen. Hij zag eruit alsof hij een of andere smerige schimmel in zijn haar had. Blair kon er maar niet bij dat dit de kamer was waarin ze tot ze ging studeren zou moeten slapen. Aarons beddensprei (gemaakt van hennep) en vloerkleed (zeegras) waren bezaaid met oude reggaeplaten, bierflesjes en Aarons vieze kleren. De kamer stonk naar zijn kruidensigaretten en die walgelijke soja-hotdogs die hij altijd at – ráúw at.

'Welke maat heb je?' vroeg Aaron. 'We kunnen een wetshirt voor je bestellen. Dan schuurt die plank niet zo.'

'Ze hebben ze in supercoole kleuren,' voegde Tyler er enthousiast aan toe. 'Neongroen en zo.'

Blair zou nog niet begraven willen worden in neongroen, laat staan in een neongroen wetshirt.

Haar onderlip trilde door een combinatie van afschuw en overweldigend verdriet. Daar had je het al; het was pas kwart voor acht en ze was nu al bijna in tranen.

'Gevonden!' bulderde Cyrus Rose, haar stiefvader en nagel aan haar doodskist. Hij kwam vanuit zijn slaapkamer de gang in gewaggeld, slechts gekleed in een rode zijden badjas met een gevaarlijk losse knoop in de ceintuur. Zijn borstelige grijze snor moest nodig worden bijgeknipt en zijn dikke gezicht was rood en vettig. Hij zwaaide met een gigantische oranje zwembroek. Er stonden kleine blauwe visjes op, die bij ieder ander best leuk zouden staan, maar bij hem beslist niet. 'Mooi ding. De jongens zoeken er een wetshirt voor me bij!' verkondigde hij blij.

Bij het idee dat ze de hele vakantie zou moeten toezien hoe Cyrus zichzelf met zijn oranje zwembroek en bijpassend oranje wetshirt voor gek zette, welden er echte tranen in Blairs ogen op. Ze sloop door de gang naar de hal, rukte haar jas uit de kast en haastte zich naar haar beste vriendin. Hopelijk zou Serena iets bedenken om haar op te vrolijken, het maakte niet uit wat.

Alsof dat nog mogelijk was.

s krijgt een briljante ingeving

Serena van der Woodsen nipte van haar cappuccino en tuurde vanaf de trap van het Metropolitan Museum of Art somber naar Fifth Avenue. Haar weelderige blonde haar puilde uit de capuchon van haar witte kasjmier jas en golfde over haar schouders. Daar had je hem weer, op de zijkant van bus M102: de advertentie voor Serena's Tranen. Ze had geen probleem met hoe ze er op de foto uitzag. Het was mooi zoals de koude wind het gele zomerjurkje had doen opwaaien boven haar op St. Barts gebruinde knieën, en hoe het kippenvel op haar armen en benen – ze had in februari in een zomerjurk en sandalen in Central Park gestaan – zorgvuldig was weggeretoucheerd. Ze vond het zelfs mooi dat ze geen lippenstift op had, waardoor haar volmaakte volle lippen er een beetje schraal en teer uitzagen. Het waren de tranen in haar enorme donkerblauwe ogen die haar dwarszaten. Natuurlijk had Les Best zijn nieuwe geur juist daarom Serena's Tranen genoemd, maar de reden dat Serena huilde op de foto was dat Aaron Rose (op wie ze vrijwel zeker verliefd was geweest, op z'n minst een week) het net die dag – nee, net op dat moment – had uitgemaakt. En wat haar dwarszat, wat haar bijna weer aan het huilen maakte, was dat ze nu het uit was niemand meer had om van te houden, niemand die van háár kon houden.

Niet dat ze niet bijna elke jongen leuk vond die ze ooit had ontmoet, en niet dat niet elke jongen ter wereld helemaal wild was van háár: ze konden gewoon niet anders. Maar ze wilde dat er iemand van haar hield en haar overlaadde met aandacht, zoals alleen een jongen kon die verschrikkelijk verliefd op haar was. Dat soort liefde zocht ze. Zeldzame liefde. Ware liefde. Liefde die ze nooit had gekend.

Met een voor haar doen ongewoon treurig en melancholiek gevoel viste ze een sigaret uit haar zwarte corduroy Cacharel-tas. Alleen maar om hem te zien gloeien stak ze hem op.

'Ik voel me net zo lelijk als het weer,' mompelde ze, maar toen ze haar beste vriendin Blair de trap op zag komen, brak er een glimlach op haar gezicht door. Ze pakte de tweede beker cappuccino die ze had gekocht en stak hem naar Blair uit. 'Vette schoenen,' zei ze bewonderend, toen ze Blairs nieuwste aanwinst zag.

'Je mag ze wel een keer lenen,' bood Blair gul aan. 'Maar als je er iets op morst, vermoord ik je.' Ze gaf een rukje aan Serena's mouw. 'Kom mee, anders komen we te laat.'

De twee meiden slenterden over Fifth Avenue naar school, onderweg nippend van hun koffie. Een koude wind gierde door de kale takken van de bomen in Central Park en joeg rillingen over hun rug.

'Jezus, wat is het koud,' siste Blair. Ze stak haar vrije hand in de zak van Serena's jas, wat natuurlijk alleen een beste vriendin kan doen. 'Nou,' begon ze haar klaagzang. Ze had haar tranen weer in bedwang, maar haar stem klonk een beetje onvast. 'Niet alleen loopt mijn moeder de hele dag haar eierstokken te aaien, vandaag komt er ook nog een of andere behanger om van míjn kamer een kinderparadijs te maken, in de kleuren witlof en kút!'

Opeens leek Serena's verlangen naar ware liefde een tikje triviaal. Haar ouders waren niet gescheiden omdat haar vader *gay* was, haar ouwe moeder was niet zwanger, haar stiefbroer had niet geprobeerd eerst haar en vervolgens haar beste vriendin te versieren om ze uiteindelijk allebei te dumpen, en niemand pikte haar kamer in. Bovendien was zíj op de respectabele leeftijd van zeventien jaar geen maagd meer, had ze op Yale niet met de man van de toelatingscommissie staan zoenen en had ze het niet bijna gedaan met de oud-student die haar een tweede kans gaf, waardoor ze Yale nu voorgoed op haar buik kon schrijven. Als ze er eens goed over nadacht, was haar leven een en al zonneschijn, vergeleken met dat van Blair. 'Maar je krijgt Aarons kamer toch? En die is net opnieuw ingericht, het ziet er heel mooi uit.'

'Ja, als je van hennepgordijnen en milieuvriendelijke stoelen van ginkgobladeren houdt,' spotte Blair. 'Trouwens,' ging ze verder, 'Aaron is gestoord. Hij heeft verzonnen dat we in de voorjaarsvakantie naar Oahu gaan.'

Oahu leek Serena helemaal niet zo erg, maar ze sprak Blair liever niet tegen als ze in zo'n slecht humeur was; voor je het wist stak ze je ogen uit. De vriendinnen staken door rood Eighty-sixth Street over, tegen elkaar aan botsend toen ze moesten rennen om niet door een taxi te worden platgereden. Eenmaal aan de overkant bleef Serena plotseling staan. Haar grote blauwe ogen glinsterden opgewonden.

'Hé! Waarom kom je niet bij míj wonen?'

Blair hurkte om haar bevroren blote kuiten warm te wrijven. 'Kunnen we alsjeblieft verder lopen?' vroeg ze kribbig.

'Je kunt Eriks kamer krijgen,' ging Serena opgewonden verder. 'En Oahu kan de pot op! Je gaat met ons mee skiën in Sun Valley!'

Blair richtte zich op en blies in haar koffie. Door de stoom keek ze haar vriendin aan. Sinds Serena terug was van kostschool had ze gruwelijk de pest aan haar, maar soms was ze ook helemaal dol op haar. Ze nam een laatste slokje en smeet de nog halfvolle beker in een vuilnisbak. 'Help je me na school verhuizen?'

Serena gaf Blair een arm en fluisterde in haar oor: 'Je wéét dat je van me houdt.'

Blair glimlachte en legde haar moede hoofd te ruste op Serena's schouder, terwijl ze in Ninety-third Street rechts afsloegen. Een paar honderd meter verderop zagen ze de imposante koningsblauwe deuren van de Constance Billard School for Girls al. Voor de deur stonden meisjes met paardenstaarten en grijze plooirokjes vrolijk te kletsen toen het beruchte stel uit de zesde aan kwam lopen.

'Ik hoorde dat Serena na die parfumadvertentie een gigantisch fotomodellencontract heeft gekregen. Ze laat haar baby uit Frankrijk overkomen. Je weet wel, die was toch vlak voor ze weer hier kwam wonen geboren? Alle supermodellen hebben een baby,' kraaide Rain Hoffstetter.

'Ik hoorde dat Blair en zij samen een appartement zoeken en dat ze zelf voor de baby gaan zorgen, in plaats van te gaan studeren. Blair heeft besloten het nóóit met een jongen te doen en Serena heeft voor haar hele leven al genoeg seks gehad. Moet je ze nou zien,' zei Laura Salmon op verveelde toon. 'Stelletje lesbo's.'

'Ze denken zeker dat ze een of ander belangrijk feministisch punt maken,' merkte Isabel Coates op.

'Zal wel. Zo blij zullen ze niet zijn als hun ouders ze straks moeten onterven,' vond Kati Farkas. De eerste bel ging, ten teken dat de meisjes naar binnen moesten.

'Hoi,' riepen Serena en Blair toen ze onderweg naar binnen langs het groepje meiden liepen.

'Gave schoenen!' zongen Rain, Laura, Isabel en Kati bij wijze van antwoord, ook al was Blair de enige die nieuwe schoenen had. Serena droeg dezelfde oude afgetrapte bruine veterlaarsjes die ze al sinds oktober aanhad. Blair had altijd de mooiste schoenen en de mooiste kleren, en Serena zag er altijd fantastisch uit, zelfs in haar gerafelde, van brandgaatjes vergeven schooluniform. En dat was nóg een reden om de pest aan dat stel te hebben, of om dol op ze te zijn – het hing er maar van af wie je was en hoe je pet stond.

de enige nuchtere van het lacrosse-team

'Hebbes!' Nate Archibald zwaaide zijn lacrosse-stick boven zijn hoofd, ving de bal en gooide hem behendig naar Charlie Dern. Zijn blozende wangen zaten onder de modder en zijn goudbruine krullen zaten aan elkaar geplakt van het zweet en plukjes opgedroogd gras, waardoor hij er nog lekkerder uitzag dan de lekkerste modellen in de catalogus van Abercrombie & Fitch. Hij tilde zijn shirt op om het zweet uit zijn glanzende groene ogen te vegen en zelfs de duiven in de bomen koerden van genot bij die aanblik. De schoolmeisjes aan de zijlijn giechelden opgewonden.

'Wauw. Hij heeft vast hard getraind in de gevangenis,' zei een van de meisjes ademloos.

'Ik hoorde dat zijn ouders hem na het eindexamen naar Alaska sturen om in een tonijnfabriek te gaan werken,' zei haar vriendin. 'Ze zijn bang dat hij weer gaat dealen als ze hem laten studeren.'

'Ik hoorde dat hij een of andere zeldzame hartziekte heeft. Hij moet wel wiet roken, anders krijgt hij een aanval,' zei een ander. 'Best cool, eigenlijk.'

Nate schonk hun een onwetende grijns en de meisjes deden allemaal tegelijk hun ogen dicht om niet steil achterover te slaan. Gód, wat was hij heerlijk.

Het seizoen was net begonnen en er was nog geen aanvoerder aangewezen, dus alle jongens deden verschrikkelijk hun best. Na hun gebruikelijke wedstrijdje had coach Michaels hun gevraagd een tijdje vrij te gooien. Nate gooide samen met zijn vriend Jeremy Scott Tomkinson toen hij in de berg jassen zijn mobiel hoorde rinkelen. Hij gaf Jeremy een teken en rende naar de kant om op te nemen.

Georgina Spark, sinds een paar weken Nates vriendin, verbleef momenteel in een exclusieve afkickkliniek in haar woonplaats Greenwich en mocht alleen op vaste tijdstippen onder toezicht telefoneren. De laatste keer dat ze Nate niet te pakken had gekregen, was ze zo door het lint gegaan dat ze hem was gesmeerd. Ze werd later op het dak van de kliniek teruggevonden, waar ze nicotinekauwgum zat te kauwen en nagellakremover snoof, allebei gejat uit het tasje van een verpleegkundige.

'Je hijgt helemaal,' zei Georgie koket toen Nate opnam. 'Dacht je aan mij?'

'Ik heb lacrosse-training,' legde hij uit. Een paar meter verderop spuugde coach Michaels luidruchtig in het gras. 'Maar we zijn geloof ik bijna klaar. Alles goed met je?'

Zoals gewoonlijk gaf Georgie daarop geen antwoord. 'Heerlijk dat je zo sportief en gezond en drugsvrij bent, en ik zit maar in deze gevangenis naar je te smachten. Net als een prinses uit een sprookje.'

Of niet.

Een paar weken eerder was Nate opgepakt toen hij in Central Park een zakje wiet kocht. Hij was naar de dagbehandeling in Breakaway gestuurd. Nate had Georgie bij groepstherapie leren kennen. Op een avond, toen het krankzinnig hard sneeuwde, had Georgie Nate bij haar thuis uitgenodigd. Ze waren samen stoned geworden en daarna had Georgie in de badkamer stiekem pillen geslikt. Niet lang daarna was ze in haar ondergoed op haar bed buiten westen geraakt, en Nate was niets anders overgebleven dan de mensen van Breakaway te bellen dat ze haar moesten komen halen. Sindsdien waren ze vriend en vriendin.

Gestoord sprookje was dat dan.

'Ik bel je even omdat...' zong Georgie zachtjes in de telefoon.

Nates teamgenoten dromden om hem heen, trokken aan hun jassen en lurkten aan de flesjes Gatorade die ze bij zich hadden. De training zat erop. Coach Michaels spuugde een fluim vlak voor Nates voeten en stak een knokige wijsvinger naar hem uit.

'Ik moet ophangen,' zei Nate tegen Georgie. 'Ik denk dat de coach me tot aanvoerder wil benoemen.'

'Aanvoerder!' piepte ze. 'Mijn lief klein aanvoerdertje!'

'Ik bel je nog wel, oké?'

'Wacht, wacht, wacht! Ik wilde alleen maar even vertellen dat mijn moeder die gorilla's hier zover heeft gekregen dat ze me zaterdag laten gaan, zolang er maar een volwassene of een andere verantwoordelijke persoon bij me is, dus nu gaan we in de voorjaarsvakantie écht wel naar het huis van mijn moeder in Sun Valley. Ga je mee?'

Coach Michaels gromde iets tegen Nate en zette zijn oudemannenhanden in zijn zij. Nate hoefde trouwens toch niet lang over Georgies vraag na te denken. Sun Valley klonk een stuk beter dan het oplappen van de oude catamaran van zijn vader, bij hun zomerhuis in Mount Desert.

'Natuurlijk ga ik mee. Graag. Moet je horen, ik moet ophangen.'

'Jippie!' gilde Georgie. 'Ik hou van je,' voegde ze er hees aan toe, en toen hing ze op.

Nate liet de telefoon op zijn marineblauwe wollen Hugo Boss-jas vallen en wreef energiek in zijn handen. Zijn teamgenoten waren allemaal al naar huis. 'Zeg het eens, coach!'

Coach Michaels deed een stap in zijn richting, schudde zijn hoofd en haalde rochelend zijn neus op.

Jammie.

'Toen Doherty vorig jaar zijn knie verklootte had ik je bijna aanvoerder gemaakt,' zei de coach. Hij spuugde en schudde weer zijn hoofd. 'Goed dat ik dat niet heb gedaan.'

O jee.

Nates hoopvolle glimlach verflauwde. 'Hoezo dan?'

'Omdat je er niet voor deugt, Archibald!' blafte de coach. 'Dat staat een beetje met een telefoon in zijn hand te kwebbelen als een playboy, terwijl je teamgenoten zich te pletter werken. En denk maar niet dat ik niet weet dat je voor drugsgebruik gepakt bent.' Hij gromde zachtjes. 'Je bent geen leider, Archibald.' Hij spuugde nog een keer en keerde Nate de rug toe, waarna hij met zijn handen diep in de zakken van zijn rode parka wegliep. 'Je bent gewoon één grote teleurstelling.'

'Maar ik heb niet meer geroo...' riep Nate hem nog na, maar zijn stem vervloog op de wind. De hemel was staalgrijs en de kale boomtakken kraakten en kreunden. Nate stond in zijn eentje op het bruine, maartse gras van Central Park, met zijn lacrosse-stick in zijn hand, rillend van de kou. Zijn vader was een voormalig marineofficier, dus hij was het gewend om de machtsgeile tirades van chagrijnige ouwe gezagsdragers van zich af te laten glijden. Dat maakte het niet minder absurd dat coach Michaels de enige nuchtere in het team ongeschikt vond om aanvoerder te zijn. Michaels had hem niet eens de kans gegeven zich te verdedigen.

Hij bukte zich om zijn jas op te rapen. Als hij nu stoned was geweest, had hij sereen gelachen om de beschuldigingen van de coach en een jointje opgestoken. Nu zwaaide hij zijn jas over zijn schouder, stak zijn middelvinger op naar de rug van de coach en slofte over het al schemerige veld in de richting van Fifth Avenue.

Charlie, Jeremy en Anthony Avuldsen stonden bij de uitgang van het park op hem te wachten. Anthony was te vaag om aan sport te doen, op af en toe een potje voetbal in het park na, maar na de training wachtte hij de anderen altijd op met een paar joints en een brede grijns op zijn sproetige gezicht.

Langzaam liepen de jongens Fifth Avenue op. 'Man, je bent aanvoeder geworden, hè?' vroeg Charlie. Als hij *high* was sloeg zijn stem over, wat dus eigenlijk altijd was.

Nate griste het flesje Gatorade uit Charlies handen en nam een slok. Ook al waren deze jongens zijn beste vrienden, hij was niet van plan ze te vertellen wat er was gebeurd. 'Coach heeft het me wel gevraagd, maar ik heb nee gezegd. Ik bedoel, ik weet toch al bijna zeker dat ik naar Brown mag, dus ik hoef geen aanvoerderschap meer op mijn cv te hebben. En in de weekends mis ik waarschijnlijk een paar wedstrijden, omdat ik dan bij Georgie zit. Ik zei tegen coach dat hij een van de jongere jongens maar aanvoerder moest maken.'

De drie vrienden trokken verbaasd en vol bewondering hun wenkbrauwen op. 'Jezus, man,' zei Jeremy ademloos. 'Dat is echt tóp van je, weet je.'

Opeens voelde Nate wat een kick hij zou hebben gekregen als hij echt tegen de coach had gezegd dat hij een jongere jongen aanvoerder moest maken. Hoe top hij zou zijn geweest als het echt zo was gegaan.

'Ja, zal wel.' Hij glimlachte opgelaten en knoopte zijn jas dicht. Hij had niet alleen gelogen dat de coach hem als aanvoerder had willen hebben, maar ook dat hij zo goed als zeker naar Brown zou gaan. Zeker, zijn vader had er ook gestudeerd, en ja, zijn gesprek was supergoed gegaan, maar sinds de tweede klas was hij bij elk proefwerk en elke toets zo stoned als een garnaal geweest, dus zijn cijfers waren niet om over naar huis te schrijven.

'Hier.' Anthony hield hem een brandend stickie voor. Hij kon niet langer dan een uur onthouden dat Nate dat spul niet meer rookte. 'Cubaans. Van mijn neef gekocht. Die studeert in Florida.'

Nate wuifde de joint weg. 'Ik moet nog een opstel schrijven,' zei hij. Hij keerde zijn vrienden de rug toe en begon naar huis te lopen. Het was moeilijk wennen – niet stoned zijn. Hij was zo helder in zijn hoofd dat het bijna pijn deed. En hij had opeens zo veel om over ná te denken.

Jemig.

d's glas is halfleeg

Toen de school uitging, bleef de voorheen sjofele maar nu modieus gekapte en geklede Daniel Humphrey niet voor de deur van Riverside Prep rondhangen om met de andere jongens te basketballen en pizzapunten te eten. Nee, hij ritste zijn nieuwe zwarte APC-jack dicht, strikte de veters van zijn Camper-schoenen opnieuw en vertrok naar het Plaza Hotel voor een afspraak met zijn agent.

De weelderige, met veel goud versierde eetzaal van het Plaza wemelde van de gebruikelijke opzichtig geklede Russische toeristen, extravagante grootmoeders en luidruchtige gezinnen uit Texas, allemaal aan de *high tea*, en allemaal met een heleboel tasjes van fao Schwarz en Tiffany aan hun voeten. Dat gold niet voor Rusty Klein.

Mwa! Mwa!

Voor hij ging zitten zoende Rusty de lucht naast Dans hoofd.

'Komt Mystery ook?' vroeg hij hoopvol.

Tientallen gouden armbanden rinkelden luid toen Rusty zichzelf voor het hoofd sloeg. 'Fuck! Vergeten te zeggen. Mystery is een halfjaar op tournee om haar boek te promoten. In Japan hebben we al vijfhonderdduizend exemplaren verkocht!'

Dan had Mystery voor het laatst gezien op een poëzieavond in de Rivington Rover Poetry Club. Ze hadden het op het podium zo ongeveer met elkaar gedaan, terwijl ze samen poëzie improviseerden. Daarna had de bleke, geile dichteres met de gele tanden zich teruggetrokken om te schrijven en sindsdien had Dan haar niet meer gezien.

'Maar haar boek is nog niet eens uit,' sputterde Dan.

Rusty legde haar brandweerwagenrode haar in een knot op haar hoofd en stak er een potlood met een vlijmscherpe punt door. Ze pakte haar martini en dronk er gulzig van, waarbij ze felroze lippenstift op de rand van het glas smeerde. 'Al komt dat boek helemaal nóóit uit. Mystery is nu al een beroemdheid,' verklaarde ze.

Dan, een onverbeterlijke kettingroker, snakte plotseling naar een sigaret. Maar roken was hier verboden. Daarom pakte hij maar een vork van de tafel en drukte de tanden in de palm van zijn trillende hand. Mystery was pas negentien of twintig (Dan wist het niet precies), maar had het klaargespeeld om in nog geen week tijd een autobiografie getiteld *Waarom ik zo makkelijk te versieren ben* te schrijven. Op de dag dat ze het boek af had, had Rusty het voor een bedrag met zes nullen aan voorschot aan uitgeverij Random House verkocht, met ook nog een filmdeal erbij.

Rusty schoof haar stoel naar voren en zette haar halflege glas lauw kraanwater voor Dans neus, alsof ze verwachtte dat hij het leeg zou drinken. 'Ik heb "Stof, stof" naar de *North Dakota Review* gestuurd,' vertelde ze tussen neus en lippen door. 'Ze vonden het vreselijk.'

'Stof, stof' was Dans laatste gedicht, geschreven met de stem van een vent die zijn dode hond mist, alleen was het aan de lezers om uit te vogelen dat de verteller zich tot een hond richtte, en niet tot een ex-vriendin of zoiets.

De eerste honkbalwedstrijd van het seizoen
ik wacht op je kus
adem vlezig als chocola
mijn schoenen zijn er nog

een in jouw bed, door jou daar neergelegd
de ander op de achterbank van mijn auto

Dan zakte onderuit op zijn stoel. In de week dat zijn gedicht 'Sletten' in de *New Yorker* was verschenen, had hij zich onoverwinnelijk en beroemd gevoeld. Nu voelde hij zich een sukkel.

'Lieve schat, ik kan wel een paar redenen bedenken waarom jouw werk niet iedereen aanspreekt, zoals dat van Mystery,' zei Rusty op zangerige toon. 'Je bent nog jong, snoepie. Je hebt gewoon goede begeleiding nodig. Fuck, ik moet nog wat drinken.' Ze boerde in haar vuist en stak beide handen in de lucht. Binnen een paar seconden stond er een bijna overlopend glas martini voor haar neus.

Dan pakte het halflege glas water en zette het meteen weer neer. Hij wilde haar naar die 'paar redenen' vragen, maar eigenlijk kon hij het zelf ook wel bedenken. Terwijl Mystery vooral over seks schreef, schreef Dan vooral over de dood of over dood willen of over de vraag of dood zijn beter was dan leven, wat welbeschouwd vrij deprimerend was. Bovendien was hij geen wees zoals Mystery. Volgens de overlevering althans was ze zelfs een door hoeren grootgebrachte wees. Dan was gewoon maar een jongen van zeventien, die in de Upper East Side in een groot vooroorlogs appartement woonde, samen met zijn gestoorde maar liefhebbende vader Rufus en zijn ook best liefhebbende en rondborstige zusje Jenny.

'Was dat alles wat je me te zeggen had?' vroeg Dan somber.

'Ben je gek?' Aangevuurd door de vierde slok van haar tweede martini viste Rusty haar mobiele telefoon uit haar leeuwenbekblauwe Louis Vuitton-tasje (*limited edition*). 'Hou je vast, Dannyboy. Ik ga Sig Castle van *Red Letter* bellen. Ik ga hem zeggen dat hij jou een baan moet geven!'

Red Letter was het meeste prestigieuze literaire tijdschrift ter wereld. Het was vijf jaar eerder opgericht door de Duitse dichter Siegfried Castle, in een leegstaand pakhuis in Oost-Berlijn, en kort geleden overgenomen door Condé Nast en naar New York gehaald, waar het opbloeide in de rol van avant-gardistisch kindje van de uitgevers van *Vogue* en *Lucky*.

Rusty was al aan het bellen voordat Dan de kans kreeg om te reageren. Zeker, het zou een eer zijn om voor *Red Letter* te mogen werken, maar hij was op het moment eigenlijk niet in de markt voor een baan.

'Maar ik zit nog op school,' mopperde hij. Zijn agent vergat wel eens dat hij pas zeventien was en daarom niet op maandagochtend koffie met haar kon drinken of zomaar even voor een poëzieavond naar Londen kon vliegen. Of fulltime kon gaan werken.

'Sig-Sig, met Rusty,' zong ze. 'Luister, schat, ik stuur een dichter naar je toe. Hij heeft het in zich, maar hij moet nog een beetje bijgestuurd worden. Snap je?'

Siegfried Castle – Dan kon nog steeds niet geloven dat Rusty echt dé Siegfried Castle aan de telefoon had – zei iets wat Dan niet kon verstaan. Rusty stak de telefoon naar hem uit. 'Sig wil je spreken.'

Dans hand droop van het zweet toen hij de telefoon aan zijn nerveuze oor hield en met krakende stem zei: 'Hallo?'

'Iek habe kein idee wie du bist, maar Wustie had die fantastische Mistewie Kwees entdekt, dus moet iek jou auch maar dabeinemen, ja?' lispelde Siegfried Castle met een hooghartig Duits accent.

Dan verstond er bijna geen woord van, behalve dat over Mystery Craze. Waarom had iedereen wel van Mystery gehoord en niet van hém? Hij had toevallig wel in de *New Yorker* gestaan. 'Heel erg bedankt voor de kans die u me geeft,' antwoordde hij gedwee. 'Volgende week is het voorjaarsvakantie, dus dan kan ik elke dag werken. Na de vakantie kan ik alleen na schooltijd komen.'

Rusty griste de telefoon uit zijn hand. 'Maandagochtend zal hij er zijn,' verkondigde ze. 'Dag-dag, Sig-Sig.' Ze hing op, smeet de telefoon in haar tas en greep haar glas martini. 'Vroeger waren we minnaars, maar nu we gewoon vrienden zijn gaat het beter,' vertrouwde ze de verwarde Dan toe. Ze kneep in zijn bleke wang. 'Ah. Nu ben je Sig-Sigs nieuwe stagiair, zijn snoezepoezelige kleine stagiair!'

Rusty zei het heel neerbuigend, alsof Dan hele dagen niets anders zou doen dan voor Siegfried Castle koffie halen en punten slijpen. Maar een stageplaats bij *Red Letter* was zo'n gewilde, bijna niet te krijgen baan dat hij zich moeilijk kon beklagen.

'Is *Red Letter* eigenlijk genoemd naar de letter A die Hester Prynne in *The Scarlet Letter* moet dragen omdat ze overspel heeft gepleegd?' vroeg hij oprecht geïnteresseerd.

Rusty staarde hem verbaasd aan. 'Fuck, weet ik veel.'

hoe zwijg je iemand dood die je doodzwijgt?

Na de redactievergadering van *Rancor* stormde Vanessa Abrams de deur van Constance Billard uit en de trap af. Haar haar wapperde niet achter haar aan, danste niet aantrekkelijk op haar schouders, want ze schoor haar hoofd altijd en had eigenlijk geen haar. En ze hoefde niet bang te zijn dat ze op haar hoge hakken een enkel verstuikte, want ze droeg nooit hoge hakken. Ze droeg zelfs nooit schoenen, alleen maar laarzen. Lompe laarzen, met stalen neuzen.

De reden dat Vanessa zo'n haast had, was dat Ruby haar een lijstje met rotzooi had gegeven die ze op weg naar huis bij de natuurvoedingswinkel moest kopen en ze echt thuis moest zijn vóór haar ouders kwamen, voor het geval ze toch nog een of ander bewijs van haar filmmakerij had laten rondslingeren dat haar zou kunnen verraden.

Onder aan de trap liep ze bijna iemand omver die ze hier nooit meer had verwacht: Dan, haar ex-vriendje en voormalige beste vriend. Zijn lichtbruine haar zat precies goed, met lange bakkebaarden op zijn ernstige kaken, en hij droeg een pak dat er Frans en duur uitzag. En dat voor een jongen die altijd pas zijn haar knipte als hij niets meer kon zien en net zo lang in dezelfde bruine ribbroek liep tot de rafels aan de zomen hingen en er gaten in de knieën zaten.

Vanessa trok haar zwarte wollen beenwarmers op en sloeg haar armen over elkaar. 'Hallo. Wat doe jij in godsnaam hier?'

'Hoi, ik sta op Jenny te wachten,' legde hij uit. 'Ik heb een baan. Dat wilde ik haar vertellen.'

'Fijn voor je.' Vanessa wachtte tot Dan nog iets zou zeggen. Hij was tenslotte degene die haar met die trut van een Mystery had bedrogen en hij was degene die zijn ziel aan de duivel had verkocht om maar beroemd te worden. Dáárvoor kon hij zich toch wel verontschuldigen?

Dan bleef zwijgen. Zijn blik schoot heen en weer tussen haar gezicht en de deur van de school. Vanessa wist dat hij haar dolgraag over zijn baan zou vertellen, maar ze was niet van plan ernaar te informeren. Dat gunde ze hem niet.

Ze haalde een tubetje vaseline uit de zak van haar zwarte bomberjack en smeerde haar lippen in. Ze bezat geen lipgloss; de vaseline kwam het dichtst in de buurt. 'Ik zag je zusje net nog met haar tekenlerares praten. Ze komt zo.'

'En, hoe gaat het?' vroeg Dan, net toen ze weg wilde lopen.

Vanessa vermoedde dat hij dit alleen maar vroeg in de hoop dat zij ook aan hém zou vragen hoe het ging, zodat hij haar kon vertellen dat hij voor de Pulitzer Prize genomineerd was of zoiets achterlijks.

'Mijn ouders komen vanavond,' antwoordde ze toegeeflijk. 'Je weet hoe leuk ik dat altijd vind,' voegde ze eraan toe, maar ze had er onmiddellijk spijt van. Nu ze niet meer met elkaar praatten, had het weinig zin om te benadrukken dat ze alles van elkaar wisten. 'Nou. Tot ziens.'

'Ja.' Dan stak een hand op en schonk haar een brede glimlach, zo'n gemaakte schijtglimlach die hij pas op zijn gezicht wist te toveren sinds hij met luchtkusjes uitdelende agenten en beroemde sloeries van dichteressen naar modeshows ging. 'Fijn je weer eens te zien.'

Ook fijn om jou weer eens te zien, aarsgarnaal, antwoordde Vanessa in stilte terwijl ze weg beende in de richting van

Lexington Avenue, waar ze de metro naar Williamsburg zou nemen.

Eigenlijk was het inderdaad best fijn om Dan weer te zien. Ze had hem nog veel meer willen vertellen. Ze had hem willen vertellen dat het onophoudelijke kunstzinnige gebral van haar ouders alle creativiteit in haar smoorde. Dat haar ouders niet eens wisten dat ze films maakte, ook al was het zo'n beetje het enige wat ze graag deed. Dat ze niet wisten dat ze nu al op de filmacademie was toegelaten, puur op de kracht van haar kunst. En dat ze gedurende de twee weken dat ze zouden blijven nooit zouden weten dat haar klerenkast vol zat met filmapparatuur en haar favoriete oude films. Ironisch genoeg was Ruby – het kind dat niet wilde studeren, dat als vegetariër wel altijd in een leren broek liep en basgitaar speelde in een rare, luidruchtige grungeband met alleen maar mannen – de creatieve dochter, de lievelingsdochter.

Yep. Dan had het prachtig gevonden. Tenminste, als ze nog met elkaar hadden gepraat.

In Williamsburg rende ze van de metro-uitgang naar de natuurvoedingswinkel een paar straten verderop. *Sojamozzarella, tarwevrije lasagne, tempé...* las ze op het lijstje dat Ruby haar had gegeven. Speciaal voor hun ouders maakte Ruby vanavond haar beroemde soja-tempélasagne. Ook wat dat betreft was Vanessa anders. Zij at graag vlees, terwijl haar ouders en Ruby alledrie vegetariër waren.

Ze pakte een blok tempé uit de koelkast. 'Je ziet er niet eens uit als eten,' zei ze, terwijl ze de tempé in haar mandje liet vallen. Ze schudde haar hoofd en liep met een bittere glimlach om haar mond door het gangpad, op zoek naar de afdeling tarwevrij. Haar vader sprak altijd met levenloze objecten. Dat hoorde bij zijn imago van 'verknipte kunstenaar'. Maar Vanessa was (nog) geen kunstenaar en als ze behalve een blok vegetarische vleesvervanger, die ook nog eens vies was, niemand vond om mee te praten zou 'verknipt' voor haar niet eens het goede woord zijn: dan werd ze gewoon stapelgek.

'Waarom ga je niet iets met je vrienden doen?' vroeg Ruby altijd als Vanessa een bijzonder verdrietige, verbitterde, eenzame indruk maakte. Vanessa reageerde op deze vraag altijd net als op de vraag 'Waarom draag je geen kleuren, in plaats van zwart?' Want in haar ogen wás zwart een kleur – de enige kleur. Net zoals Dan haar enige vriend was. Het zou heel vreemd zijn als haar ouders naar hem vroegen, en nog veel vreemder om in de vakantie niemand te hebben om lol mee te maken.

Tenzij... tenzij ze iemand vond om lol mee te maken.

I houdt wel van mooi nepbont

Daar was hij! Jenny vloog de trap van Constance Billard af. Leo – een afkorting van Leonardo, wat een duidelijke verwijzing was naar Leonardo da Vinci, die in haar ogen een groot, zo niet de grootste kunstenaar was – Leo, háár Leo, stond als een goed vriendje, het béste vriendje, voor school op haar te wachten. Superlang en superblond, met vrolijke blauwe ogen, een voortand met een lief hoekje eraf en een soepele tred. En hij was van haar, alleen van haar!

'Kijk, je broer,' hoorde ze Elise Wells, haar nieuwe beste vriendin, achter haar zeggen. Een paar meter verderop stond Dan met zijn handen in zijn zakken te wachten, alsof ze weer tien jaar oud was en hij haar van school kwam halen.

Jenny ging op haar tenen staan om Leo een kus op zijn wang te geven. Dan keek van een afstandje toe. 'Hoi,' zei ze zachtjes in Leo's oor. Ze voelde zich heel volwassen. Met een beetje geluk stond haar hele klas, nee, de hele school, op dit moment jaloers toe te kijken.

'Je bent helemaal warm,' mompelde Leo, die haar kleine handje onbeholpen tussen zijn slungelige vingers nam. Zijn pols streek per ongeluk langs haar borsten en hij bloosde.

Jenny Humphrey was heel klein, de kleinste van haar klas, maar ze had de grootste borsten van de hele school, misschien zelfs van de hele wereld. Ze waren zo groot dat ze had overwogen ze chirurgisch te laten verkleinen, maar na lang nadenken was ze tot de conclusie gekomen dat ze nu eenmaal deel uitmaakten van wie ze was en dat ze ze beter kon houden. Na al die jaren was ze er bovendien aan gewend dat mensen ertegenaan botsten doordat ze zo ver naar voren staken, maar Leo wist duidelijk nog niet goed wat hij ermee aan moest.

Ja hoor.

'Wat zullen we gaan doen?' vroeg hij nauwelijks hoorbaar. In het begin had Jenny moeite gehad om te verstaan wat hij zei, want hij praatte bijna altijd op fluistertoon en e-mailde liever dan dat hij belde. Maar toen ze er nog eens over nadacht, vond ze het eigenlijk wel leuk dat niemand ooit kon horen wat Leo tegen haar zei. Het was net alsof ze hun eigen taal hadden. En Leo maakte er een gekwelde, mysterieuze indruk mee, als iemand met een duister verleden.

Dan had al veel gehoord over Leo Berensen, de jongen die Jenny op internet had leren kennen, maar hij had hem nog nooit ontmoet. Hij liep naar ze toe en stelde zich voor. 'Jij bent dus die jongen van Smale? Ik heb gehoord dat ze daar veel aan grafische kunst doen.'

'Ja,' antwoordde Leo onhoorbaar. Zijn hazelnootbruine ogen gleden vluchtig over Dans gezicht. Jenny hing aan zijn arm en keek stralend naar hem op, alsof hij met zijn woorden zojuist de wereld had gered. 'Klopt.'

'Cool.' Het irriteerde Dan een beetje dat hij helemaal naar Jenny's school was gekomen om over zijn stage bij *Red Letter* op te scheppen, en dat nu opeens dat blonde leeghoofd in de weg stond.

'Eh, allemaal erg gezellig jongens, maar zullen we misschien ergens naartoe gaan?' smeekte Elise Wells buiten hun kleine kringetje. Haar stugge blonde haar zat achter haar koude, rood aangelopen oren gepropt. 'Ik raak onderkoeld.'

Niet zo vreemd, aangezien ze haar grijze uniformrok zo ver had opgerold dat hij nauwelijks over haar billen kwam. Elises stijl had altijd het midden gehouden tussen 'keurig schoolmeisje' en 'ordinaire sloerie', maar de laatste tijd neigde ze meer naar 'ordinaire sloerie'.

'Laten we de bus nemen en met z'n allen naar mijn huis gaan,' kweelde Jenny opgetogen. Ze had zich nog nooit zo... gewild gevoeld. 'Misschien is mijn vader thuis. Hij wil je hartstikke graag ontmoeten,' zei ze tegen Leo.

Dan glimlachte bij zichzelf terwijl hij achter hen aan naar Ninety-sixth Street liep. Hun vader zou waarschijnlijk geen spaan van Leo heel laten.

Elise liep naast hem, met de mouwen van haar roze trui over haar handen om ze warm te houden. 'Jij bent dus een echte dichter?' vroeg ze toen ze op de bus stapten. Jenny en Leo zaten al hand in hand naast elkaar. Dan schoof op het bankje achter hen en Elise kwam naast hem zitten. 'Ik heb de pest aan opstellen. Onze lerares doet net alsof iedereen de hele tijd vol ideeën zit, alsof je ze alleen maar even op hoeft te schrijven. Maar steeds als we in de les iets moeten schrijven, weet ik niks te verzinnen. Snap je?'

Dan snapte het niet. Voor hem waren zulk soort lessen een geschenk uit de hemel. Hij zat zo vol ideeën dat hij geen tijd had om ze allemaal op te schrijven. Maar oké, het was best verfrissend om met iemand te praten die hem als échte dichter zag.

'Ik heb net gehoord dat ik in de voorjaarsvakantie stage ga lopen bij *Red Letter*. Daar ben ik wel heel blij mee. Ik bedoel, zo'n stageplaats is heel moeilijk te krijgen.'

Elise hield haar hoofd schuin en perste haar lippen op elkaar. '*Red* wát?'

'Je weet wel, *Red Letter*. Het succesvolste avant-gardistische literaire tijdschrift ter wereld.'

'O.' Elise keek hem van opzij aan, alsof ze benieuwd was of hij er en profil misschien nog leuker uitzag.

Dat was eigenlijk ook zo, vooral met die nieuwe hippe bakkebaarden.

'Mag ik eens een paar gedichten van je lezen?' vroeg ze brutaal.

Jenny draaide zich om toen ze dit hoorde. Elise zat dus met haar broer te flirten. Ze keek naar Leo en overwoog er iets over in zijn oor te fluisteren, maar Leo was niet zo'n roddelaar.

Hoezo saai?

Maar toen verraste Leo haar door iets in haar oor te fluisteren. 'Zie je die jas die die vrouw tegenover je aan heeft? Dat is nepbont, maar aan de kleur zie je dat het een jas van J. Mendel is. De meeste jassen van nepbont hebben maar één kleur, terwijl echt bont heel veel verschillende kleuren heeft. J. Mendel maakt het beste nepbont.'

Jenny staarde naar de jas van de vrouw. Ze wist niet goed wat ze hiervan moest denken. Nepbont was een raar gespreksonderwerp voor een jongen. Ze had hem nog niet gevraagd wat zijn ouders voor werk deden. Misschien waren ze stropers, of importeerden ze exotisch Russisch bont.

'Hoe...?' Ze draaide zich naar hem om, maar Leo keek ingespannen uit het raam, zo diep in gedachten dat ze hem niet wilde storen. Turend in de donkere buis van zijn linkeroor vroeg ze zich af of hij misschien gedeeltelijk doof was, en of hij daarom zo binnensmonds sprak. Hij had zelfs een klein litteken in zijn nek, misschien het gevolg van waterpokken, of een schotwond.

Ze pakte zijn hand nog steviger vast. O, wat was het heerlijk om een Leo te hebben, zo'n onvoorspelbare en heerlijk mysterieuze Leo!

▷ **gossipgirl.nl**
topics | ◂ vorige | ▸ volgende | stel een vraag | reageer

Disclaimer: alle namen van plaatsen, mensen en gelegenheden zijn veranderd of afgekort om de onschuldigen te beschermen. Mij, vooral.

ha mensen!

IK, FANTASTISCHE IK

De laatste tijd schijnt iedereen die iemand is het over míj te hebben. Heel erg vleiend, ja, maar ook heel erg zinloos. Nergens kun je zo goed incognito rondlopen als hier in Manhattan, waar iedereen die opvalt tenminste doet alsof hij niet wil opvallen. Ken je dat, van die beroemdheden als Cameron Diaz, die altijd met een honkbalpet en een zonnebril oplopen om niet herkend te worden? Gewone mensen hoeven dat niet te doen, dus als je het wel doet, vestig je onmiddellijk alle aandacht op je en proberen mensen er de hele tijd achter te komen wie je bent, wat ook precies de bedoeling is. Persoonlijk kick ik op dit soort aandacht, ik vind het helemaal te gek. Waarom zou ik daar een eind aan maken door te zeggen wie ik ben? Aan de andere kant, als je toevallig die ene jongen was op wie ik toevallig altijd al verliefd ben en je zou per se willen weten wie ik was, dan zou ik het je misschien wel willen vertellen...

Jullie e-mail

V: Beste GG,
ik vraag me af wat jij ervan zou vinden als ik na school een jaar vrij neem, om mee te reizen met een band die ik goed vind. Ik zou geld kunnen verdienen door op de parkeerplaatsen bij hun optredens koekjes of T-shirts of zo te verkopen. Zo kom ik er een beetje achter hoe het leven in elkaar zit. Mijn ouders willen dat ik gewoon ga studeren, maar

volgens mij is het leuker om gewoon een tijdje mijn eigen ding te doen, snap je?
– cheese

A: Hoi cheese,
Nee, ik snap het niet. Het klinkt mij niet als een goed doordacht plan in de oren. Je bent toch niet toevallig vreselijk verliefd op de zanger van die band, hè? Want hij wordt echt niet verliefd op jou, hoor, ook al ziet hij je een jaar lang elke avond op de eerste rij zitten – en al helemaal niet als je op de parkeerplaats koekjes staat te verkopen. Verder denk ik dat het leuk is om te gaan studeren. Anders leuk, maar wel heel erg leuk. Ik weet dat jongens in bands hartstikke sexy zijn, maar toevallig heb ik gehoord dat het aan elke universiteit wemelt van de jongens in bands, en jij en zij wonen en slápen dan ook nog allemaal op dezelfde kleine campus. Klinkt dat leuk of niet?
– GG

Gezien

N met zijn vrienden in het park, rokend. Een sprookje, denken wij. ***G***, zijn gestoorde vriendinnetje, onder begeleiding van een verpleegkundige op excursie naar de ***Darien Sport Shop*** in Connecticut, voor een mooi skipak van ***Bogner*** en de snelste ski's van ***Rossignol. C***, die samen met zijn moeder ook in de Darien Sport Shop was, waar hij een nieuw snowboard kocht en kwijlend naar ***G*** stond te loeren. ***S*** en ***B*** op de nachtkleding- en lingerieafdeling van ***Barneys***, op zoek naar meidendingetjes om tijdens hun uitgebreide logeerpartijtje bij ***S*** thuis lekker in te luieren. ***D*** op de afdeling literaire tijdschriften van ***Coliseum Books***, zich voorbereidend op zijn nieuwe baan. ***V***, die vanuit haar slaapkamerraam slapende duiven filmde. Weet ze niks beters meer te verzinnen? En twee kunstenaars van middelbare leeftijd, die wel een beetje op ***V***

zouden lijken als ***V*** touwachtig grijs haar had, bij de opening van hun tentoonstelling van assemblages in de ***Holly Smoke Gallery*** in het Meatpacking District. Eén stuk bestond uit een grote beschimmelde brie en een luchtbed. We vragen verder maar niets.

Over twee dagen begint de vakantie al en morgenavond hebben we dat feest. Jullie horen nog van me.

Je weet dat je van me houdt,

gossip girl

b wordt al geil als ze naar zijn schoenen kijkt

'Jij kan hier slapen,' zei Serena terwijl Blair en zij Blairs propvolle reistassen Eriks kamer in sleepten. 'Mijn broer heeft zijn tv en stereo en alles meegenomen, dus het is een beetje kaal hier, maar we zitten toch meestal in mijn kamer...'

'Ik vind het best,' zei Blair. Ze keek om zich heen. Vergeleken met het weelderige interieur in de rest van het appartement van de familie Van der Woodsen, was dit een karig ingerichte kamer. Onder het grote raam dat uitkeek op Fifth Avenue, het Metropolitan en Central Park stond een antiek houten eenpersoonsbed, met daarnaast een brede, lage ladekast. Tegen de muur ertegenover stond een bureau met een stoel ervoor, allebei van hetzelfde donkere hout als het bed. Op de vloer lag een Turks tapijt in de kleuren marineblauw en oranje. De deur van de klerenkast stond halfopen, zodat Blair Eriks oude spijkerjasje kon zien hangen.

Blair snoof de muffe houtgeur op. Vreemd genoeg vond ze het een opwindend idee dat ze zou slapen in het bed van een jongen die ze niet zo goed kende. 'Vind je het goed als ik mijn spullen uitpak?'

'Tuurlijk, ga je gang.' Serena liet zich op het bed vallen en trok een *Playboy* onder Eriks matras vandaan. Met opgetrokken neus begon ze erin te bladeren.

De meisjes wisten maar al te goed wat jongens deden als ze in hun eentje op hun kamer waren, dus er was geen reden om te gaan krijsen als ze een *Playboy* ontdekten.

Blair haalde een broek uit haar tas en deed de kast open. Naast het spijkerjasje hingen twee witte overhemden met gerafelde kraag en manchetten en een bijna nooit gedragen smoking van Hugo Boss. Onder in de kast stond een paar afgetrapte Stan Smith-tennisschoenen en daarnaast een schoenendoos van Prada.

Blair wierp een blik op Serena, maar haar vriendin ging helemaal in de *Playboy* op. Ze liet zich door haar knieën zakken en vroeg zich af wie er in vredesnaam een paar Pradaschoenen thuis liet staan. Het was een stoffige zwarte doos. Toen ze het deksel optilde zag ze dat er geen schoenen in zaten, alleen een klein, in bruin leer gebonden notitieboekje. Voorzichtig haalde ze het eruit en sloeg ze de eerste bladzijde op.

Fuck, nou zit ik als een meid in een dagboek te schrijven, maar ik heb op Case's eindexamenfeestje te veel tequila gezopen en in plaats van als een normaal mens k.o. te gaan zit ik verdomme compleet te freaken. We hebben ons diploma gehaald. We gaan studeren. Ik weet niet wie ik ben of waar ik mee bezig ben of wie ik wil zijn en straks laat ik alles wat ik ken achter en FUCK! Serena heeft geluk, die begint net in de bovenbouw en later kan ik haar vertellen hoe dat gaat als je studeert, dan weet ze het vast. Maar niemand zegt iets tegen MIJ. En ik ga heus niet aan mijn vrienden vertellen dat ik bang ben. Die hebben het alleen over alle meiden met wie we het straks kunnen doen. En dat zal ook allemaal best, tenzij ik zo'n freak word die alleen op een kamer woont en nooit buiten komt, totdat ze de deur moeten openbreken, omdat het zo meurt. Fuck, ik draai door. Ik ga naar bed.

Blair, die nog wel wat meer wilde lezen, sloeg de bladzijde

om, maar de rest van het boekje was leeg. Blijkbaar had Erik besloten dat een dagboek bijhouden niets voor hem was. Met bonzend hart las ze het eerste en enige stukje nog een keer. Was het niet gestoord dat Erik van der Woodsen, een jongen die ze amper kende, haar gevoelens van de afgelopen weken zo volmaakt had verwoord?

Ze kwam overeind en liep naar Eriks ladekast, waarop een familiefoto in een zilveren lijstje stond. Erik, Serena en hun ouders lagen in zwemkleding ergens op een strand, allemaal even bruin, met lichtblond haar, een witte lach en enorme donkerblauwe ogen. Blair wist dat Serena ongeveer veertien was op de foto, want ze had die pony nog die ze aan het eind van de tweede had laten knippen en die er pas een heel jaar later weer was bijgegroeid. Erik moest dus zeventien zijn geweest. In zijn verweerde blauwe surfbroekje zag hij er gespierd en actief uit, maar zijn knappe gezicht stond vermoeid, alsof hij de hele nacht had lopen slempen, maar misschien was hij ook wel een beetje verdrietig.

Waarom is me dat nooit eerder opgevallen, vroeg Blair zich af. Achter haar ritselde Serena met de *Playboy*.

'Heeft Erik een vriendin?' vroeg Blair hardop.

'Laten we het hem vragen.' Serena liet het tijdschrift op de grond vallen en pakte met een speelse grijns op haar gezicht de telefoon. Ze viel Erik op Brown ten minste drie keer per week lastig, mopperend op haar liefdesleven of het gebrek daaraan, terwijl hij klaagde over zijn permanente kater.

'Hé, perverseling. Ik las die vieze *Playboy* met Demi More op de centerfold. Is die niet op z'n minst vijftig?'

'Nou en?' antwoordde Erik geeuwend.

'Ben jij eigenlijk niet blij dat papa en mama je niet meer meeslepen naar al die saaie benefietfeesten?'

'Wat is het vanavond?'

'Morgenavond. Iets met kunst in het Frick-museum,' antwoordde Serena vermoeid. 'Niet eens iets om een nieuwe jurk voor te kopen. Blair en ik trekken gewoon iets van elkaar aan, dan voelt het nog een beetje nieuw. Trouwens, ze wil je iets vragen.' En zonder waarschuwing wierp Serena Blair de telefoon toe.

Blair ving hem en hield hem in haar handen. 'Hallo?' hoorde ze Erik zeggen.

Ze drukte de telefoon tegen haar oor. 'Hoi. Met Blair. Eh, ik logeer in jouw kamer. Hoop dat je het niet erg vindt.'

'Tuurlijk niet. Hé, moet je horen, mijn zus vertelde me een tijdje geleden dat je je nogal zorgen maakt om Yale en over dat rottige gesprek en alles...'

Blair zette grote ogen op van schrik. Dat klotegesprek met die vent van Yale was wel het laatste dat ze Erik aan zijn neus zou hangen. Wat was Serena toch een...

'In elk geval, maak je niet druk,' vervolgde Erik. 'Mijn gesprek op Brown was helemaal kut met peren, maar ze namen me toch. Ik weet dat je supergoed tennist, je doet een heleboel vrijwilligerswerk en volgens Serena haal je ongelooflijke cijfers. Dus wind je niet op, oké?'

'Oké,' beloofde Blair met onvaste stem. Geen wonder dat Serena de hele tijd met haar broer belde. Hij was gewoon de leukste en liefste jongen ter wereld!

'En, ga je in de vakantie ook mee naar Sun Valley?' vroeg hij.

Blair schopte haar turqouise schoenen uit en wiebelde met haar roodgelakte tenen. Eriks tapijt voelde lekker ruw en kriebelig aan onder haar blote voeten. 'Ik moet eigenlijk met m'n moeder naar Hawaii.'

'Helemaal niet,' wierp Serena tegen. 'Nee hoor!' riep ze zo hard dat Erik het moest kunnen horen. 'Ze gaat met ons mee!'

'Je wílt toch zeker niet naar Hawaii, of wel?' vroeg Erik half meelevend, half plagend. 'Je gaat veel liever met ons skiën.'

Blair bestudeerde Eriks gezicht op de foto. Had hij altijd op die vertrouwelijke, je-weet-dat-je-me-wilt-toon tegen haar gepraat? Was ze soms doof geweest? Ze zag zichzelf al met hem bij de open haard in het café van de Sun Valley Lodge zitten. Zij zou Marilyn Monroe op haar heetst en dunst spelen, gekleed in een vest van wit konijnenbont, haar favoriete Seven-jeans en de witte schaapsleren après-skilaarzen die ze in januari had gekocht en nog nooit had aangehad. Dan was hij... Ernest Hemingway, mannelijk en belezen, in zo'n strakke, marineblauwe turtleneck met rits die sexy skileraren altijd droegen, halfopen. Ze dronken warme cognac en keken naar de schaduwen die de flikkerende vlammen op hun gezicht wierpen, terwijl zij onder zijn trui zijn sterke, warme spieren streelde.

Drie jaar geleden had Erik geen idee gehad wie hij was of waar hij mee bezig was of wie hij wilde zijn, maar nu wist hij het maar al te goed. Alleen al de gedachte dat ze vannacht in zijn bed zou slapen was enorm geruststellend. Om helemaal in de sfeer te komen zou ze misschien zelfs een oud overhemd van hem aantrekken.

'Ja,' zei Blair met haar verleidelijkste Marilyn Monroe-stemmetje. 'Ja, ik denk dat ik maar mee ga.'

En jou, lieve jongen, staat een bijzondere verrassing te wachten.

biedt n weerstand aan hete snowboardster met hasj-adem?

De volgende dag, na de lacrosse-training en voor hij naar huis moest om zich om te kleden voor het Frick-feest, ging Nate naar de Scandinavian Ski Shop in West Fifty-seventh Street om spullen voor Sun Valley te kopen. Hij had bijna vanaf zijn geboorte geskied en gesnowboard en bezat bergen wintersportspullen, maar die lagen allemaal in Maine – en bovendien vond hij winkelen op deze manier wel leuk.

De Scandinavian Ski Shop was gespecialiseerd in peperdure, met bont afgezette skipakken en snowboots voor Madison Avenue-volk en ademde met zijn houten wanden en dikke, mosgroene vloerbedekking een gemaakte Tiroolse sfeer, maar het was wel de beste wintersportzaak in New York.

Nate liep meteen door naar achteren, waar de ski's en snowboards hingen. Met zijn handen in zijn broekzakken bekeek hij de boards. Zijn blik viel onmiddellijk op een donkerrode Burton met een afbeelding van een groen wietblaadje erop. Daarboven stond het woord *normal* en eronder het woord *goofy*. Hij liet zijn duim langs de rand van het board glijden.

'Dat is een killer als je van hobbels houdt,' zei een hese meisjesstem achter hem.

Nate draaide zich om naar een klein meisje met kort blond haar en een mopsneus. Ze droeg een olijfgroen vestje met capuchon en een lichtgrijze snowboardbroek. Haar bruine ogen hingen laag in hun kassen, als bij een jong hondje.

Of misschien was ze stoned.

'Werk je hier?' vroeg hij.

Het meisje glimlachte. Haar kleine tandjes stonden heel dicht op elkaar. 'Soms. Als ik vakantie heb. Ik zit op Holden, in New Hampshire. Ik ben aanvoerder van het damessnowboardteam.' Ze bleef ietsje te lang glimlachen en Nate wist nu zeker dat ze high was.

'Kan ik je ergens mee helpen?' bood ze aan.

Nate tikte tegen het rode board. 'Ik denk dat ik deze neem. En ik heb schoenen en bindingen nodig.'

Nog steeds glimlachend begon het meisje in een stapel dozen naar een paar Raichles in zijn maat te zoeken, waar ze de beste K2-bindingen bij pakte die op de markt waren. 'Deze combi heb ik afgelopen weekend in Stowe uitgeprobeerd.' Ze knielde om Nate met de schoenen te helpen. 'Helemaal te gek.'

Van bovenaf keek Nate recht in haar vestje, dat tot net boven haar borsten open stond. Ze droeg geen beha, alleen een wit hemdje, en hij zag alles.

Met zijn voet in haar handen keek ze glimlachend naar hem op. 'Hoe voelt dat?'

Hij overwoog haar bij de hand te nemen en mee te trekken naar een pashokje. Hij kon zich zelfs de rokerige, kruidige smaak van haar lippen voorstellen, de smaak van goede wiet, waar hij zoveel van hield. Het was gek, maar sinds hij niet meer rookte was hij eigenlijk de hele tijd geil. Een afkickend vriendinnetje dat alleen onder toezicht bezoek mocht ontvangen hielp ook niet erg.

Georgie, Georgie, Georgie.

Hij popelde om naar Sun Valley te vertrekken. Ze zouden de hele dag skiën en de hele nacht rotzooien. Kon het nog mooier?

'Kunnen die bindingen er nu op?' vroeg hij plotseling gehaast.

Het meisje pakte de bindingen en haalde een board in de goede maat van de muur. 'Ik doe het wel even voor je.'

Maar natuurlijk.

'Ben zo terug.'

Onder het wachten liep Nate naar een stapel skimutsen om er een paar te passen. Hij koos een wollige groene met oorflappen en een lange kwast bovenop – een soort Ralph Lauren op geitenwollen sokken – en zette hem op zijn hoofd.

'Echt niet,' mompelde hij toen hij zichzelf in de spiegel bekeek. Meestal dacht hij er niet te veel over na hoe hij eruitzag of wat hij aanhad – dat hoefde hij ook niet – maar voor Georgie wilde hij er cool uitzien. Hij legde de groene muts terug en zette een zwarte fleecemuts op, een soort honkbalpet met oorflappen die je omhoog kon zetten; een moderne versie van de jachtpet van Elmer Fudd.

'Die staat je te gek,' zei de verkoopster, die met zijn board de winkel weer in kwam. Ze zette het board tegen een kledingrek en liep op Nate af. Met een teder gebaar zette ze de flappen omlaag over zijn volmaakte oren. 'Je weet dat je hem mooi vindt,' voegde ze er met schorre stem aan toe.

Inderdaad, haar adem rook precies zoals hij had gedacht. Nate likte zijn lippen. 'Hoe heet je?'

'Maggie.'

Nate knikte traag. De muts voelde lekker op zijn hoofd. Hij kon zo een hand uitsteken en haar vestje open ritsen. Haar vragen of ze een joint met hem wilde roken. Het kon allemaal. Maar hij deed het niet.

Hij zette de muts af en stopte hem onder zijn arm.

'Bedankt voor je hulp. Eh, ik ben Nate Archibald. Mijn ouders hebben hier een rekening.'

Maggie overhandigde hem met een teleurgestelde grijns het board en zijn nieuwe schoenen. 'Misschien kom ik je nog wel eens tegen op de piste.'

En Nate vertrok. Hij stond zelf te kijken van zijn wilskracht. Hij was zo vastberaden dat zelfs zijn coach onder de indruk zou zijn geweest.

Niet dat hij niet nog steeds zo geil was als een beer.

▷ gossipgirl.nl

topics | ◂ vorige | ▸ volgende | stel een vraag | reageer

Disclaimer: alle namen van plaatsen, mensen en gelegenheden zijn veranderd of afgekort om de onschuldigen te beschermen. Mij, vooral.

ha mensen!

DEUGD EN ZONDE

En, moet iedereen vanavond met zijn ouders naar dat Deugd en Zonde-gebeuren in het Frick-museum? Ik hoop het wel, dan ben ik tenminste niet alleen met mijn ellende. Natuurlijk weten we allemaal best dat ze ons alleen maar mee willen hebben om ons met elkaar te vergelijken en uit te vogelen wie waar gaat studeren… kortom, om ons gek te maken, want dat is nu juist het enige onderwerp waar we het even niet over willen hebben. Bovendien is er geen suffere plek denkbaar voor een feest. Ik bedoel, hallo, een feest bij Frick is net een feest in het buitenhuis van je oma.

Ik weet dat ik ondankbaar overkom. Oké, een feest is een feest en jullie weten allemaal hoe graag ik mooie kleren aantrek. Maar ik feest liever *sans* ouders, jullie niet? Het enige pluspunt is dat onze ouders allemaal zo druk zullen zijn met indruk op elkaar maken dat ze ons rustig op het toilet laten roken. Trouwens, als we iets gênants uithalen, zullen ze gewoon moeten doen alsof ze ons niet kennen. Laten we dus maar proberen een beetje lol te maken, oké? Zie je? Jullie beginnen je er al op te verheugen, hè?

Jullie e-mail en waarnemingen bewaar ik voor na de grote fuif.

Zie jullie daar!

Je weet dat je van me houdt,

gossip girl

upper-westsiders kijken neer op de niet zo dichterlijken

'Dames en heren, op uw plaatsen graag!' bulderde Rufus Humphrey, terwijl hij een schaal spetterende worstjes en met rum overgoten gebakken appels en bananen op tafel zette. Jenny had haar vader zo'n schuldgevoel bezorgd omdat hij de dag ervoor, toen ze Leo mee naar huis had genomen, niet thuis was geweest dat hij erop had gestaan om Leo en Elise vandaag te eten te vragen. Niet dat Rufus eropuit was indruk op zijn gasten te maken: zoals gewoonlijk droeg hij een wit onderhemd vol etensvlekken en zijn favoriete grijze joggingbroek met de uitgezakte kont, die bezaaid was met brandgaatjes. Zijn grijze krullen en monsterlijke grijze wenkbrauwen staken alle kanten uit, hij was ongeschoren en zijn lippen en tanden kleurden rood van de wijn.

'Laten we maar aan tafel gaan,' zei Jenny. Ze zette de tv in de bibliotheek uit en grijnsde naar Leo. 'Nu mag je kennismaken met het rare eten van mijn vader. Pas op,' waarschuwde ze, 'hij doet overal drank in.'

Leo keek op zijn horloge. Toen stak hij zijn handen in de zakken van zijn spijkerbroek en haalde ze er weer uit. Hij maakte een zenuwachtige indruk. 'Oké.'

'Haar vader is minder eng dan hij eruitziet,' zei Elise. Ze stak haar voeten in haar roze instappers en kloste naar de eetkamer alsof ze haar hele leven in Jenny's huis had gewoond.

Dan zat al aan de gammele tafel. Hij las een aflevering van *Red Letter* en keek niet op of om toen zijn vader een hele banaan en een verminkt worstje op zijn bord kletste. Toen iedereen te eten had schonk Rufus zijn wijnglas tot de rand vol en stak het omhoog. 'En dan nu een klein poëziekwisje!'

Dan en Jenny keken elkaar over de tafel heen vermoeid aan.

Normaal gesproken had Jenny geen bezwaar tegen Rufus' kwisjes, spelletjes en weetjes, maar met Leo erbij was het allemaal veel te gênant. 'Páp,' klaagde ze. Kon hij nou niet eens één keer gewoon doen?

Rufus lette niet op haar. *'Where are we going, Walt Whitman? The doors close in an hour. Which way does your beard point tonight?'* Hij stak een vette worstvinger naar Leo uit. 'Noem de dichter!'

'Páp!' Jenny schudde verontwaardigd aan de vervallen houten eettafel. Alles in het vijfkamerappartement van de Humphreys was in verval. Maar wat kon je verwachten zonder moeder, en zonder een meid die de rotzooi opruimde?

'O, toe nou! Het is een makkie!' brulde Rufus tegen Leo. De plaat die hij voor het eten had opgezet kwam plotseling echt op gang en het onaardse, hoge Peruaanse gejodel van Yma Sumac drong de keuken binnen. Rufus schonk zich nog een glas wijn in en keek vol verwachting naar het antwoord uit.

Leo glimlachte beleefd. 'Eh... ik denk niet dat ik het weet...'

Dan boog zich naar hem toe en fluisterde luid in Leo's oor: 'Allen Ginsberg. "A Supermarket in California". Makkie.'

Jenny gaf haar broer onder tafel een schop. Kon het niet wat minder bijdehand?

Rufus knarsetandde. *'But I have promises to keep, and miles to go before I sleep,'* zei hij uitdagend, terwijl hij Leo met troebele, uitpuilende ogen aanstaarde.

Leo's blonde haar leek bijna doorschijnend toen hij verbleekte onder Rufus' meedogenloze blik. 'Eh...'

'Páp!' riep Jenny voor de derde keer. 'Jézus.' Ze wist dat haar vader alleen maar de maffe en gezellige vader uithing, ter compensatie van de overige zes avonden die week, waarop Dan en zij voor de tv afhaalmaaltijden hadden zitten eten. Maar had hij dan niet door dat Leo niet zoveel met poëzie had?

'Nou, die weet ik zelfs.' Elise deed ook een duit in het zakje. 'Robert Frost. "Stopping by Woods on an Snowy Evening". Dat heb ik in de tweede uit mijn hoofd moeten leren.' Ze richtte zich tot Dan. 'Zie je, ik weet best iets van poëzie.'

Rufus reeg een braadworst aan zijn mes en smeet hem op Leo's gebarsten blauwe bord. 'Op welke school zit je eigenlijk?'

Leo veegde met de rug van zijn hand zijn mond af. 'Smale. De Smale School, meneer.' Zijn blik vloog over de tafel naar Jenny, die hem bemoedigend toelachte.

'Hmm,' antwoordde Rufus, terwijl hij met zijn handen een worstje pakje en het doormidden beet. Hij spoelde de hap weg met een flinke slok wijn. 'Nooit van gehoord.'

'Ze doen daar heel veel aan kunst,' zei Dan.

'En poëzie is geen kunst?' vroeg Rufus op hoge toon.

Jenny kreeg geen hap door haar keel. Ze was veel te boos op haar vader. Normaal gesproken was hij best aardig, al was hij dan een beetje onbehouwen. Waarom deed hij tegen Leo zo gemeen?

'Zozo, een baan bij *Red Letter,*' zei Rufus, en hij hief zijn glas. 'Niet te geloven.' Rufus had een kist vol onvoltooide, door niemand gelezen gedichten in zijn werkkamer, en hoewel hij zelf redacteur was, was er van zijn hand nog nooit iets verschenen. Nu werd Dan de schrijver die hij nooit was geworden.

'Goed werk, knul,' gromde hij. 'Als je maar niet met zo'n gemaakt accent gaat praten, zoals al die andere eikels.'

Dan fronste zijn voorhoofd. Hij moest aan het bijna onverstaanbare accent van Siegfried Castle denken. Het had hem heel authentiek in de oren geklonken. 'Hoe bedoel je?'

Rufus stak grijnzend een banaan in zijn mond. 'Dat merk je nog wel. Hoe dan ook, ik ben trots op je, jongen. Als je zo doorgaat ben je voor je twintigste dichter des vaderlands.'

Leo kwam abrupt overeind. 'Neem me niet kwalijk. Ik moet er vandoor.'

'Nee!' Jenny sprong op. Ze had gedacht dat ze snel klaar zouden zijn met eten en dat Elise dan naar huis zou gaan. Dan konden Leo en zij naar haar kamer om een beetje te zoenen en misschien samen huiswerk te maken. Als hij het goed vond, kon ze zelfs zijn portret tekenen. 'Blijf alsjeblieft.'

'Sorry, Jenny.' Leo wendde zich tot Rufus en gaf hem stijfjes een hand. 'Het was leuk kennis met u te maken, meneer Humphrey. Bedankt voor het heerlijke eten.'

Rufus zwaaide met zijn vork. 'Wen er maar niet aan, jongen. Meestal eten we Chinees.'

Dat was waar. Als Rufus boodschappen ging doen, kocht hij wijn, sigaretten en toiletpapier. Jenny en Dan zouden allang ondervoed zijn geraakt als ze geen eten hadden kunnen afhalen.

Jenny liep met Leo mee naar de deur. 'Alles goed met je?' vroeg ze bezorgd.

Leo grijnsde zijn verlegen grijns en keek van grote hoogte glimlachend op haar neer. 'Ja hoor, ik had alleen gedacht dat we vroeger zouden eten. Ik moet naar huis om...' Hij maakte zijn zin niet af. Fronsend sloeg hij een splinternieuwe roodzwarte kasjmier sjaal om zijn nek. 'Burberry' stond er op het label. Jenny had hem die sjaal nog nooit zien dragen. 'Ik e-mail je straks nog wel,' zei hij, voor hij door de gang naar de lift liep.

Jenny ging terug naar de anderen en Rufus trok geamuseerd zijn borstelige wenkbrauwen op. 'Heb ik iets verkeerds gezegd?'

Jenny keek hem kwaad aan. Ze had geen idee waarom Leo

zo plotseling was vertrokken, maar het was het gemakkelijkst om haar vader de schuld te geven.

'O, kom op, Jen,' vervolgde haar vader harteloos. 'Hij is misschien niet de allersnuggerste, maar hij is vast een prima vriendje voor je.'

Ze stond op. 'Ik ga naar mijn kamer.'

'Zal ik meegaan?' bood Elise aan.

Jenny had de indruk dat Elise heel tevreden was nu ze zo naast Dan zat en met hem over poëzie sprak. Ze had zelfs een glas wijn voor zichzelf ingeschonken. 'Nee, hoeft niet,' mompelde ze. Het enige wat ze wilde was op haar buik op bed liggen en over Leo nadenken, in haar eentje.

Elise nam een slokje wijn. 'Ik moet trouwens toch zo weg.' Ze wierp een zijdelingse blik op Dan en keek toen Jenny weer aan, alsof ze wilde zeggen: Raad eens? Ik vind je broer hartstikke leuk. 'Misschien ga ik thuis een gedicht schrijven.'

Ja, vast.

In haar kamer strekte Jenny zich op haar eenpersoonsbed uit en keek somber naar haar schilderijen en lege schildersezel. Ze wist zeker dat Leo niet dom was, al was dat gedicht van Robert Frost vrij bekend. Waarschijnlijk was hij zelfs een stuk slimmer dan de rest, alleen op een minder voor de hand liggende manier. Ze dacht aan de eerste keer dat ze hem had gezien, in Bendel's, nog voor hun kennismaking op internet. Het was op de cosmetica-afdeling en hij zocht tussen de bruinwit gestreepte tasjes met monsters, als enige man in een winkel vol vrouwen. Wat had hij daar eigenlijk uitgevoerd? Het was een raadsel. En wat te denken van die opmerking een dag eerder, over die vrouw in die nepbontjas? Of zijn nieuwe Burberry-sjaal? Hij leek nogal verstand te hebben van... mooie dingen. En waarom had hij haar nog niet bij hem thuis uitgenodigd? Hij woonde vast in een fantastisch huis. En hij had het nog nooit over zijn ouders gehad. Het mysterie van Leo werd steeds groter.

En meisjes vinden niets leuker dan de geheimen van een mysterieuze man ontrafelen.

wat de ene kunstenaar grappig vindt, vindt de ander achterlijk

Op de tweede avond van hun bezoek namen Vanessa's ouders haar en Ruby mee naar de galerie die hun assemblages tentoonstelde.

De galerie was groot en licht, met vloeren van blank hout en witte muren. In het midden van de grootste ruimte stond een bruin-wit trekpaard uit een gigantische houten bak tevreden een enorme caesarsalade te verorberen. Naast het paard stond een blauwe plastic emmer met een hooivork erin. Als het paard had gepoept, sprong het elegante Duitse meisje dat bij de ingang achter de balie zat uit haar draaistoel op om de poep met de vork op te scheppen en in de emmer te gooien.

Vanessa's 22-jarige zus Ruby aaide de neus van het paard en voerde hem Tic-Tacs met pepermuntsmaak. Haar paarse leren broek weerkaatste het licht van de lampen.

'Dat is Buster. Lief, hè?' zei Gabriela, hun moeder, bewonderend. 'Op een dag stond hij in onze moestuin sla te eten. We mochten hem lenen van zijn baasje, de schat.' Ze legde haar lange grijze vlecht over haar schouder en streelde het uiteinde. De kakelbonte Afrikaanse kaftan die ze voor de gelegenheid had gekozen hing als een paars-geel-groen tafellaken met een gat in het midden om haar mollige schouders. Gabriela deed niet aan mode. Ze gaf de voorkeur aan 'tribale kleding' en zag zichzelf als een 'wereldburger in wereldkleren'. Ze droeg zelfs Mexicaanse mocassins, gemaakt van de huid van wilde zwijnen.

Buster wás ook lief, maar hoezo was hij kunst, vroeg Vanessa zich af. Ze liep naar iets wat aan de muur hing, alleen maar om te ontdekken dat het een ketting van metalen kaasraspen was. Op een paar kon je nog restjes kaas zien zitten.

'Je denkt vast: Dat kan ik ook,' zei Arlo Abrams, haar vader.

'Nou nee,' antwoordde Vanessa. Waarom zou ze in godsnaam een ketting van kaasraspen maken?

Arlo schuifelde in zijn stoffige zwarte Peruaanse cape, zijn enkellange henneprok – ja inderdaad, hij droeg een rok – en witte canvas tennisschoenen op haar af. Gabriela zorgde voor zijn kleren, anders zou hij altijd en eeuwig naakt rondlopen. Zijn lange grijze haar lag als een waaier op zijn schouders. Zoals altijd maakte hij een naargeestige en paniekerige indruk. Vanessa was ervan overtuigd dat die paniek het gevolg was van alle speed die hij vroeger had gebruikt. En wie zou het zeggen, misschien gebruikte hij het nog steeds.

'Doe je ogen dicht en strijk er met je hand overheen,' instrueerde Arlo, terwijl hij Vanessa's hand pakte. Zijn adem rook naar de geroosterde tempé die Ruby de vorige avond in de lasagne had gedaan, of misschien rook ze de oude kaas op de raspen.

Vanessa deed haar ogen dicht. Zou dit het moment zijn waarop ze eindelijk het knappe en het zinvolle van het werk van haar ouders leerde inzien? Haar vader liet haar hand over de puntige, scherpe uitsteeksels van de raspen glijden. Ze voelden aan als kaasraspen, niets meer en niets minder. Ze deed haar ogen open.

'Griezelig, hè?' zei Arlo alleen maar, knipperend met zijn bruine ogen.

Griezelig, inderdaad.

Aan de andere kant van de ruimte stonden Ruby en Gabriela over een pot met aarde gebogen, giebelend als een stel meiden van tien.

'Wat is er zo grappig?' vroeg Vanessa, in de veronderstelling dat ze het over een van Ruby's maffe muzikantenvrienden hadden of zoiets. Toen zag ze dat zelfs die verwaande Duitse griet achter de balie voorzichtig glimlachte. 'Wat?' herhaalde Vanessa.

Arlo grinnikte en haalde zijn met verf bedekte vingers door zijn lange grijze haar. Hij was heel tevreden met zichzelf. 'Er zitten zaden in die aarde,' fluisterde hij met uitpuilende ogen. 'Snap je, záden!'

Hè?

Vanessa was op school altijd een buitenbeentje geweest, met haar kale hoofd en voorkeur voor zwarte kleren, maar meestal stond ze uit eigen vrije wil buiten de groep. In dit geval wilde ze de grap dolgraag begrijpen, echt waar. Maar het lúkte gewoon niet. En als haar ouders dachten dat een paard dat salade at of keukengereedschap aan de muur of een pot aarde met zaadjes erin kunst was, dan zouden zij ook wel nooit de duistere intensiteit van haar morbide, subtiele films begrijpen. En ze piekerde er niet over ze aan haar ouders te laten zien.

'Zullen we 'm smeren?' riep Gabriela bij de pot aarde.

De Rosenfelds, oude vrienden van Gabriela en Arlo van de kunstacademie, hadden hen uitgenodigd voor een of ander benefietfeestje en Vanessa en Ruby moesten en zouden mee.

'Waar gaan we eigenlijk heen?' vroeg Vanessa sceptisch toen ze voor de galerie op een taxi stonden te wachten. Ze zag zich de rest van de avond al blootsvoets in een of ander beeldenpark in Queens rond een kampvuur dansen om de geesten van de lente op te roepen, of wat die debiele hippies dan ook hadden verzonnen.

'Het heet het Frick. Het is in Fifth Street, geloof ik.' Gabriela begon in haar vormeloze tas te rommelen, door een vriendin van oude tractorbanden gemaakt. 'Ik heb het adres ergens opgeschreven.'

'Fifth *Avenue,* bedoel je,' verbeterde Vanessa. 'Ik weet waar het is.' En ze wist ook dat er weinig mannen zouden zijn met een rok aan.

Nee, maar het zou veel leuker zijn als dat wel zo was.

freaken bij frick

Het Frick-museum was het voormalige woonhuis van Henry Clay Frick, de 19de-eeuwse staalmagnaat. Meneer Frick was een groot verzamelaar van Europese kunst geweest en na zijn dood werd zijn huis ingericht als museum.

Het Deugd en Zonde-feest werd gehouden in de Living Hall, een grote ruimte met eikenhouten lambrisering en een Perzisch tapijt, waar schilderijen hingen van grote 16de-eeuwse kunstenaars als El Greco, Holbein en Titiaan. In het midden tegen een van de wanden stond Soldani's bronzen sculptuur *Triomf van de deugd over de zonde,* en op elk van de enorme ronde tafels, die speciaal voor het feest waren neergezet en gedekt met roomwitte tafellakens en glanzend zilver, stond een vijfentwintig centimeter hoge replica van hetzelfde beeld, omgeven door een krans van paarse tulpen.

Niet dat iemand aandacht voor de kunst had.

Vrouwen in op maat gemaakte avondjurken en mannen in smoking liepen rond de tafels of stonden aan de bar, knabbelden van eendenbeignets met pruimensaus en praatten over álles behalve kunst.

'Heb je dat meisje van Van der Woodsen in die nieuwe parfumreclame gezien?' vroeg Titi Coates binnensmonds aan Misty Bass.

'Die neptraan is wel een beetje veel van het goede. Ik vond het nogal exhibitionistisch, vond jij niet?' verklaarde Misty. Ze knikte afgemeten naar Serena en Blair, die met Serena's ouders de zaal in kwamen en meteen in de richting van de bar liepen om iets te drinken te halen.

'Jij hebt blijkbaar grotere tieten dan ik.' Serena hees de zwarte strapless Donna Karan-jurk op die ze van Blair had geleend. Ze droegen dezelfde maat beha, dus ze had gedacht dat de jurk wel zou blijven hangen, maar bij elke stap voelde ze hem richting vloer zakken.

'Ja, maar jij bent dunner.' Blair zou het nooit toegeven, maar de naden van Serena's roze Milly-jurkje waren sinds ze hem aan had geleidelijk aan het barsten. Nu en dan hoorde ze een zacht *krak* als er in de oksels of het lijfje weer een draadje losschoot, maar hopelijk zou de jurk het houden tot ze thuiskwam.

Iedereen leek een cocktail in zijn hand te hebben, maar kelners waren nergens te bekennen. 'Waarom zijn we hier ook alweer?' vroeg Blair op zeurderige toon.

'Ik weet het niet. Het hoort er gewoon bij,' antwoordde Serena schuldbewust.

'Nou, als ze dit jaar weer geen Ketel One-wodka hebben, ga ik weg,' mopperde Blair. Vorig jaar had ze genoegen moeten nemen met Absolut, dat zó passé was, bijna prehistorisch gewoon.

'Is het niet heerlijk om die meiden weer samen te zien?' zuchtte Blairs moeder in het oor van mevrouw Van der Woodsen. 'Het ging helemaal niet goed toen Serena op kostschool zat. Wij meiden moeten onze vriendinnen dichtbij hebben.'

'Ja, zeker,' bevestigde mevrouw Van der Woodsen op koele toon, terwijl ze haar blauwe ogen van Eleanors zwangere buik afwendde. Eleanor en zij waren altijd vriendschappelijk met elkaar omgegaan, maar zwanger zijn als je bijna vijftig was, was simpelweg te vulgair. En die dikke, luidruchtige, besnorde projectontwikkelaar van haar was ook een beetje moeilijk te accepteren. 'O, kijk, daar heb je Misty Bass. Laten we even gedag zeggen.'

Misty had Titi Coates bij haar dochter Isabel achtergelaten, ruziënd over de vraag of Isabel voor haar eindexamen een auto cadeau moest krijgen, en zat nu met haar zoon Chuck te roddelen. Ze was een zwaar geblondeerde vrouw in een goudkleurige Carolina Herrera-jurk, behangen met sieraden van Harry Winston, en hij was een donkere, verraderlijk knappe demon in een grijs Prada-pak met groene krijtstreepjes.

Chuck Bass was écht een demon, en hij was altijd op zoek naar nieuwe manieren om zijn slechtheid tot uiting te brengen. Heb geduld, daar komen we nog op terug.

'Bijna vijftig en zeven maanden zwanger,' fluisterde Misty tegen haar zoon. 'Wat vindt je vriendin Blair daarvan?'

Chuck haalde zijn schouders op alsof het hem totaal niet interesseerde. Op Serena's woeste nieuwjaarsfeest had hij Blair voorgesteld haar te ontmaagden, aangezien dat zijn specialiteit was. Tot zijn grote ergernis had Blair botweg nee gezegd. De laatste tijd had hij wat geëxperimenteerd met *gay* zijn, al was het alleen maar om de verveling de baas te blijven.

Of omdat hij een excuus nodig had om zijn wenkbrauwen te waxen.

'Waarschijnlijk heeft ze een paar keer extra moeten kotsen,' merkte Chuck boosaardig op, doelend op Blairs eetprobleempje, dat nauwelijks een geheim was. 'Ze gaat toch het huis uit als dat kind er is.'

'Ik hoorde dat Blair na het eindexamen naar een kliniek gaat om nu eindelijk eens van haar probleem af te komen,' zei Misty Bass. 'Is dat echt zo?'

Maar Chuck luisterde al niet meer. Aan de andere kant van de zaal speelde zich een klein drama af en daar wilde hij niets van missen.

Nate had Blair niet meer gezien sinds ze hem een paar weken eerder helemaal tot in de afkickkliniek in Greenwich gevolgd was. Tijdens de groepstherapie had de therapeute Blair gedwongen toe te geven dat ze aan boulimie leed, hoewel Blair het hardnekkig 'braken als gevolg van stress' had genoemd. Normaal gesproken had Nate Blairs dramatische verschijning in de kliniek misschien wel kunnen waarderen, maar toevallig was hij net bezig geweest Georgie te versieren en twee gestoorde meiden was eenvoudig te veel voor hem. Gelukkig had Blair onmiddellijk ingezien dat haar aanvalsplan averechts werkte, waarop ze had besloten dat een verslavingskliniek beneden haar waardigheid was.

Alsof ze zin had om elke zaterdagmiddag te gaan zitten vertellen dat ze af en toe een vinger in haar keel stak, in plaats van schoenen te kopen met Serena. Nee, bedankt.

En Serena? Nate kon zich niet eens herinneren wanneer hij die voor het laatst had gezien, maar zoals altijd zag ze er oogverblindend en zelfverzekerd uit, op haar eigen charmante en onnadrukkelijke manier. Gewoonlijk bleef Nate op feestjes op één plek staan wachten tot er iemand een praatje met hem kwam maken, maar deze keer besloot hij de meisjes gedag te gaan zeggen. Waarom ook niet? Blair zou misschien geen antwoord geven, maar Serena vast wel.

Serena zag Nate als eerste op hen af komen. Ze tipte haar sigaret af op de onbetaalbare marmeren vloer. 'Nathaniel Archibald,' riep ze uit, gedeeltelijk om Blair te waarschuwen, maar gedeeltelijk ook omdat ze blij verrast was hem te zien. 'Onze verloren vriend Nate.'

'Godverdegodver.' Blair stampte haar sigaret uit met de hak van een van haar zwarte satijnen Manolo Blahniks. 'Jezus.'

Serena wist niet of Blair zo stond te vloeken omdat Nate de laatste was die ze wilde zien of omdat Nate er in zijn klassieke Armani-smoking verpletterend uitzag.

Niets is adembenemender dan een mooie jongen in een smoking, ook al heb je eigenlijk de pest aan hem.

'Hé.' Nate gaf Serena een snelle kus op haar wang en stak

zijn handen in de zakken van zijn jasje. Hij glimlachte voorzichtig naar Blair. Ze draaide aan het robijnen ringetje om haar pink, zoals ze altijd deed als ze zenuwachtig was. Door haar korte haar kwamen haar jukbeenderen beter uit, maar misschien was ze ook wel afgevallen. Hoe dan ook, ze zag er... streng uit. Streng en kwetsbaar tegelijk. 'Hoi, Blair.'

Blair drukte haar nagels in haar handpalmen. Ze moest nog iets drinken. 'Hallo. Hoe is het in de kliniek?'

'Daar ben ik klaar mee. Dat meisje met wie ik omga, Georgie – die zit er nog.'

'Omdat ze een junk is?' kaatste Blair terug, terwijl ze haar laatste slok wodka achteroversloeg.

De luidruchtige bigband, die niemand nog had opgemerkt, hield opeens op met spelen, waardoor er een kilte over de zaal neerdaalde.

'We zijn ons aan het bezatten,' zei Serena snel, voor Blair iets gestoords kon doen, zoals Nates hoofd van zijn romp schoppen. 'Nog één dag school en dan is het vakantie!'

Nate hield een langslopende kelner aan en regelde nog drie glazen wodka. 'Gaan jullie nog ergens heen?'

'Sun Valley, zoals altijd,' antwoordde Serena.

Blair stond van haar tweede drankje te lurken en wenste a) dat Nate opdonderde, b) dat hij er niet zo flitsend en niet-stoned uitzag, c) dat hij niet zo absurd aardig deed, d) dat Serena niet zo aardig terugdeed.

'Blair gaat met ons mee. Ze heeft net een ticket gekocht.'

Nate haalde een pakje Marlboro uit zijn zak en stak een sigaret tussen zijn lippen. Hij stak hem omzichtig op, keek door de vlam heen steels naar Blair en wendde zijn blik onmiddellijk weer af.

'Het ziet ernaar uit dat ik daar ook heen ga,' zei hij uiteindelijk. 'Georgies moeder heeft een huis vlak bij de berg. We kunnen samen gaan skiën.'

Blair voelde haar maag borrelen en klotsen in Serena's te strakke jurk.

'Ik ben zo terug.' Ze duwde Serena haar lege glas in handen. 'Zoek jij onze tafel vast, dan kunnen we gaan zitten.'

'Blair woont een tijdje bij mij,' vertelde Serena. Nate en zij zagen Blair tussen de tafels door naar het toilet slingeren. Opeens voelde Serena zich net Blairs bezorgde grote zus, en ze was blij dat ze haar had kunnen helpen. 'Haar moeder is haar kamer aan het inrichten voor haar nieuwe zusje. Balen, hè?'

Nate probeerde zich Blairs leven voor te stellen met nieuwe stiefvader, nieuwe stiefbroer en een zusje dat nog geboren moest worden. Hij kwam niet erg ver.

'Je ziet er anders uit,' merkte Serena op. Ze bekeek hem van top tot teen. Grijnzend trok ze een perfect geëpileerde wenkbrauw op. 'Je ziet er góéd uit.'

Nate en Serena hadden elkaar altijd begeerd. Ze hadden het zelfs één keer met elkaar gedaan. In de zomer voordat Serena naar kostschool ging hadden ze elkaar ontmaagd. Maar het was een recreatief soort begeerte die geen verplichtingen schiep, en na die ene keer hadden ze er nooit meer aan toegegeven.

'Ik vóél me ook goed,' bekende Nate. Hij wilde haar wel vertellen dat hij nooit meer *high* werd, maar nog steeds geen aanvoerder van het lacrosse-team was. Dat hij zich erop verheugde Georgie aan haar voor te stellen, omdat hij wist dat ze goed met elkaar zouden kunnen opschieten. Maar Nate was niet zo'n uitbundig type. 'Gaaf dat jij daar ook heen gaat,' zei hij alleen maar. 'Dat kan leuk worden.'

'Kán leuk worden?' herhaalde Serena. Ze sloeg op de haar eigen spontane manier haar armen om hem heen en smeerde roze lipgloss op zijn wang. 'Normaal heb ik alleen mijn saaie ouwe broer om mee te skiën. Het wordt te gek!'

Nate onderging haar omhelzing en deed zijn best om niet

opgewonden te raken. Maar nu hij hasjvrij was, begon hij bij de lichtste aanraking van een meisjeshand of de geur van haar parfum al te blozen, zeker als het meisje zo mooi was als Serena.

Serena viste een sigaret uit het pakje in zijn borstzak en schoof langs hem. 'Ik ga maar even bij Blair kijken. Zie je straks, oké?'

Nate keek haar na, graaiend naar de telefoon in zijn broekzak. Georgie zat momenteel waarschijnlijk op haar kamer in Breakaway te relaxen, of wat ze de patiënten na het eten dan ook lieten doen, maar misschien zou de dienstdoende zuster geen bezwaar hebben tegen een potje telefoonseks.

Hij toetste het nummer in en hield de telefoon aan zijn oor. Toen hij opkeek, zag hij dat Chuck Bass hem vanaf zijn plaats naast zijn met juwelen behangen moeder zat aan te staren. En hij zag er heel erg *gay* uit. Bij de gedachte alleen al dat Chuck misschien verliefd op hem was, verging hem alle lust om met Connecticut te bellen. Hij stopte de telefoon weer in zijn zak en ging op zoek naar zijn tafel, zonder zelfs maar een vermoeden van de geruchten die Chuck inmiddels over Serena en hem de wereld in had geholpen.

deugd en zonde

Zodra haar blik op de gouden jurk van Misty Bass viel, wist Vanessa dat ze niet had moeten komen. Wat zou het dat haar vader een wollen poncho en een rok aanhad – zij liep nog in haar schooluniform!

Maar haar ouders leken zich helemaal op hun gemak te voelen. 'Moet je pa achter de gratis drank aan zien gaan,' fluisterde Ruby in haar oor. 'Die denkt dat-ie in de hemel is beland!'

'De muziek moet harder, dan kunnen de mensen dansen,' vond hun moeder, die met haar vingers knipte en op en neer wipte in haar mocassins. Ze was waarschijnlijk de enige vrouw in de zaal die geen hoge hakken droeg – zelfs Vanessa en Ruby droegen plateauzolen.

Er ging een gedempt, ontsteld gemompel door de zaal.

'Wie zijn dát in godsnaam?' vroeg Chuck Bass aan zijn moeder. Misty Bass was een van de *grandes dames* van het New Yorkse sociale leven. Ze kende iedereen.

'Ik weet het niet,' antwoordde ze. 'Maar mannen in een rok vind ik enig. Er is zoveel moed voor nodig!'

'Weet je, ik ken die twee,' zei Titi Coates tegen haar man. 'Dat zijn die kunstenaars van die opening van gisteren – die van dat fantastische paard!'

'Gabby! Arlo!'

Een vrouw in een elegante lange zwarte jurk, met haar bruine haar met highlights stijlvol opgestoken, zat aan een tafel in de hoek energiek naar de familie Abrams te zwaaien.

'Dat zal mevrouw Rosenfeld zijn.' Vanessa troonde haar ouders mee naar de gebarende vrouw.

Mwa! Mwa!

'We zijn zó blij dat jullie er zijn!' riep Pilar Rosenfeld uit, en ze zoende beide Abramsen twee keer op allebei de wangen. 'Is het niet geweldig, Roy?' vroeg ze, met een hand op de arm van haar onberispelijk geklede man. 'Eindelijk weer samen, na al die jaren.'

'Prachtig!' zei Roy Rosenfeld met zijn zware, melodieuze stem. De Rosenfeldjes hadden met de Abramsjes op de kunstacademie gezeten en ooit uitsluitend geknoopverfde shirtjes, afgeknipte spijkerbroeken en geen schoenen gedragen, hoewel ze beiden uit een welgestelde familie kwamen. Hun schoenloze dagen waren duidelijk slechts een fase geweest.

Naast meneer Rosenfeld stond een lange, donkere jongen met een Armani-brilletje op zijn kolossale neus op Vanessa neer te kijken, alsof hij haar probeerde te plaatsen.

'Jordy, herinner je je Gabriela en Arlo en Ruby en Vanessa nog?' vroeg zijn moeder.

Er kwam geen verandering in de hooghartige houding van de jongen.

'De laatste keer dat ik je zag, was je volgens mij nog een baby, maar ik weet zeker dat je toen meer haar had.'

Vanessa had net gezien dat Serena van der Woodsen en Blair Waldorf in al hun glorie aan de tafel naast hen zaten, waardoor ze zich in haar schooluniform nog ongemakkelijker voelde. 'De laatste keer dat ik jou zag, liep je in een geknoopverfde luier.'

Jordy schoof zijn bril wat hoger op zijn enorme neus. 'Nou, nu studeer ik rechten.'

Ruby ging aan tafel zitten en schonk zich een reusachtig glas champagne in. 'Mam? Pap? Alles goed met jullie?'

Hun ouders stonden stijfjes naast elkaar, roerloos als een

van hun assemblages. Vanessa vroeg zich af of ze soms hadden verwacht ter verwelkoming van de lente blootsvoets rond een vuur te zullen dansen, in plaats van aan te moeten schuiven aan een formeel diner.

'Alsjeblieft.' Meneer Rosenfeld schoof de lege stoel naast hem naar achteren en wenkte Vanessa's moeder.

'Die rok van je is helemaal geweldig,' zei mevrouw Rosenfeld, doelend op Arlo's toevallige modesnufje. 'Is dat soms een Galliano?'

Arlo keek haar niet-begrijpend aan. Een ober in een witte jacquet diende de eerste gang op, een terrine van eendenpaté. Arlo begon er met zijn dessertlepeltje in te prikken, op zoek naar tekenen van leven. Vanessa's moeder snoot haar neus in haar servet. Ruby zat te proesten boven haar champagne.

'Maken jullie nog steeds kunst voor vrede, of doen jullie daar niet meer aan?' vroeg Gabriela aan Pilar.

Pilar glimlachte. 'Roy en ik zijn onroerend goed-juristen. Jordy wil ook advocaat worden als hij klaar is met studeren. Vergeet het maar – we hebben niet eens meer tijd om te recyclen!'

Vanessa's ouders verbleekten. Recyclen was waar assemblagekunst om draaide. Zonder gerecycled afval zouden zij en hun kunst niet kunnen bestaan. 'Dat is heel jammer,' zei Gabriela, die bedenkelijk naar haar paté keek. 'We kunnen hier zeker niet om een salade vragen, hè?'

Vanessa viel op haar paté aan, dolblij met deze amusante ontwikkeling.

'Wat voor advocaat wil jij worden?' vroeg ze aan Jordy.

Hij wapperde sigarettenrook weg bij zijn merkwaardig langgerekte neusgaten. Achter hem zaten Blair Waldorf en Serena van der Woodsen te roken als schoorstenen, terwijl Blairs zwangere moeder hun borden leeg at. 'Waarschijnlijk onroerend goed, net als mijn ouders.'

Vanessa knikte. Het was best moeilijk je te verplaatsen in mensen die hun ouders wilden navolgen als je eigen ouders zulke freaks waren. Maar op een of andere vreemde manier was Jordy's gebrek aan fantasie wel aantrekkelijk. En hij zag er ook niet slecht uit, met die neus en dat mooie golvende zwarte haar, dat eruitzag alsof hij het goed verzorgde. Die neus had Vanessa best eens willen filmen. 'Leuke bril heb je,' zei ze.

Dat ze haar hoofd kaal scheerde, betekende niet dat ze geen verstand had van flirten.

'Dank je.' Hij zette zijn bril af en weer op. 'Jij doet nu eindexamen, toch? Weet je al waar je gaat studeren?'

Vanessa keek dreigend naar Ruby. Als ze het wáágde om eruit te flappen dat Vanessa al op de filmacademie was toegelaten! Maar Ruby deed er loyaal het zwijgen toe, wat een hele opgave was voor een kletskous als zij.

'Doet dat er iets toe?' informeerde Arlo nors. 'Als het maar ergens is waar ze kan ontdekken wat ze eigenlijk wíl.'

Gabriela trok aan haar lange grijze vlecht, terwijl haar blik afwezig langs Vanessa gleed. 'Dat is ook zo, je gaat volgend jaar studeren.' Ze wendde zich tot Pilar. 'Arlo hoopte altijd dat Vanessa naar Oberlin zou gaan. Ik snap niet hoe hij op het idee kwam. Dat is een kúnstacademie.'

'Er zal heus wel een school zijn die zo dom is om mij toe te laten,' zei Vanessa zachtjes.

'Zo mag ik het horen, lieverd!' kraaide Pilar. 'En al die tijd wonen jullie al met z'n tweetjes in Williamsburg,' vervolgde ze, om het gesprek een andere richting te geven. 'Mijn hemel, wat zijn jullie al zelfstandig!'

'Ruby moet haar muziek goed bijhouden,' zei Gabriela trots. 'Haar band krijgt binnenkort misschien een platencontract.'

Vanessa glimlachte gemaakt. 'Terwijl ik de hele dag thuis Pringles met vleessmaak zit te eten en gewelddadige tv-series kijk.'

Naast haar knorde Jordy, de enige aan tafel die de grap had gehoord.

De band begon weer te spelen, een beetje harder deze keer. Duke Ellington, of iets in die trant. Chuck Bass trippelde naar de tafel van Serena en Blair, met zijn handen in zijn zij voor een extra *gay* effect. 'Dit feest zou een stuk minder saai zijn als jullie met me wilden dansen.' Hij boog zich over hun rugleuningen en blies zijn adem in hun blote hals.

Serena en Blair keken elkaar van opzij aan. Hun enige uitweg was een sprintje naar de damestoiletten. Ze pakten hun drankjes, schoven hun stoel naar achteren en sprongen op.

Krrrak!

Zoef!

Oeps!

Blairs geleende, te strakke roze jurkje barstte obsceen genoeg aan twee kanten tegelijk open, zodat iedereen kon zien dat ze er alleen een paar zwarte kousen onder aan had en geen ondergoed. Nog erger was dat Serena's strapless jurk aan de rugleuning van haar stoel bleef haken en ineens op haar heupen hing, zodat iedereen haar blote borsten zag.

'Geeft niks, we zijn toch meiden onder elkaar,' giechelde Chuck nerveus.

'Ogen dicht, schat,' bitste Titi Coates tegen haar man Arthur.

'O, jee!' riep mevrouw Van der Woodsen uit, en ze greep in een reflex haar glas.

'Wauw,' verzuchtte Nate, blij dat hij niet *high* was.

De meisjes begonnen hysterisch te giechelen, klampten zich aan elkaar vast en raceten langs Chuck naar de garderobe om hun jassen te halen, waarna ze zo snel als hun acht centimeter hoge hakken hen konden dragen het museum uit renden.

Aan Vanessa's tafel had niemand het gemerkt. De oudere Rosenfeldjes en Abramsjes zaten zich veel te druk aan elkaar te ergeren. Intussen begon de band *Puttin' on the Ritz* van Irving Berlin te spelen.

Vanessa had een hekel aan dansen, maar toch pakte ze Jordy bij de mouw van zijn dure jasje. 'Ik ben dol op dit nummer. Zullen we dansen?'

Jordy stond op en schoof haar stoel voor haar achteruit, een en al manieren en keurigheid. Hij leidde haar naar de dansvloer en draaide haar rond met het vanzelfsprekende gemak van iemand die op dansles heeft gezeten.

Tot haar eigen verbazing werd Vanessa een beetje licht in haar hoofd toen hij haar zo liet draaien en zwieren. Hij kon zo goed dansen dat ze dat stomme schooluniform helemaal vergat.

Al zouden de meeste andere meisjes in de zaal het nooit meer vergeten.

▷ gossipgirl.nl
topics | ◂ vorige | ▸ volgende | stel een vraag | reageer

Disclaimer: alle namen van plaatsen, mensen en gelegenheden zijn veranderd of afgekort om de onschuldigen te beschermen. Mij, vooral.

ha mensen!

DAT ZOGENAAMD SAAIE FEEST WAAR WE ALLEMAAL NAARTOE MOESTEN

Was het niet veel leuker dan jullie hadden verwacht? Denk je eens in, over een paar uur begint de voorjaarsvakantie – en nu hebben we allemaal iets om in het vliegtuig over te praten!

Niet dat ik het niet zal hebben over dat éne onderwerp waar ik nooit genoeg van krijg...

SEKS

Oké, de een doet er wel aan en de ander niet, maar de waarheid is dat we er allemaal aan denken en het er in elk geval allemaal over hebben. Je hebt uiteraard de 'wie heeft het van onze klas al gedaan en met wie'-gesprekken, waarbij altijd weer wordt beweerd dat één meisje het in de eerste al met een leraar heeft gedaan. Wat compleet gelogen is – en ik kan het weten, want ik ben dat meisje geweest. Dan heb je de 'met wie zou jij het doen als je iedereen zou mogen kiezen'-kwis, waarbij meestal een beroemdheid als Jake Gyllenhaal ter sprake komt. Daarnaast heb je de penisdiscussie, die meestal ontaardt in veel gegil en gekrijs, want laten we eerlijk zijn, penissen zijn lelijk en raar. Dan heb je ook nog de 'mijn ideale eerste keer'-fantasie, waar ook weer beroemdheden aan te pas komen. Om een of andere reden fantaseerde ik altijd dat ik het de eerste keer met Jake deed, boven op een wasmachine, bij zonsopkomst (onze wasruimte heeft toevallig een geweldig uitzicht op de zonsopkomst boven East River). Maar later besefte ik hoe verschrikkelijk oncomfortabel dat zou zijn – en hoe gênant als de meid net de was zou komen doen! Kortom, we blíjven maar over seks praten. En nu ik het achterste van mijn tong heb laten zien, geef ik jullie hierbij toestemming hetzelfde te doen. Niet verlegen zijn. Het is tenslotte helemaal anoniem.

Tenzij je dat niet wilt, natuurlijk.

Jullie e-mail

V: Hoi G,
gisteravond was ik op een feestje en ik weet bijna zeker dat ik jou daar zag. Er was ook een of ander lijp gezin dat ik nooit eerder had gezien. De vader had sneakers aan en een soort wikkelrok. Scheer jij je hoofd kaal?
– xstream

A: Beste xstream,
je speurzin is bewonderenswaardig, maar je slaat de plank compleet mis. Al had ik een kaal hoofd, zou ik dan toch niet af en toe een pruik of een funky pet opzetten, vooral voor zo'n formele gelegenheid als die van gisteravond? En als ik het me goed herinner, had het enige meisje met een kaalgeschoren hoofd gisteravond ook haar schooluniform aan, wat ik, zo wil ik even met klem zeggen, nooit maar dan ook nóóit zou doen.
– GG

V: beste gossipgurl,
heb je gezien dat ***S*** en ***N*** het gisteravond in een hoekje van de zaal zo ongeveer met elkaar stonden te doen? over ontkenning gesproken, gestoord gewoon. waarom geven ze niet gewoon toe dat ze elkaar willen? ze zouden toch een

te gek stel zijn?
– spec.tater

A: Beste spec.tater,
ikke denk dat jij een tikkie overdrijft. ***S*** en ***N*** zijn vrienden. Mogen vrienden elkaar soms niet aanraken? Hoewel moeilijk te geloven is dat ze er niet een klein beetje meer van genieten dan netjes is...
– GG

Gezien

S en ***N***, die ruim voor het dessert (naakt) het ***Frick-museum*** uit renden. Persoonlijk denk ik dat ***B*** het allemaal zo had gepland en hun jurken had geprepareerd, zodat ze kon ontsnappen en niet langer met die heerlijke ***N*** in één ruimte hoefde te zijn. ***V***, die met die jongen met de ongewoon grote neus het feest verliet om een paar straten verderop in de ***Three Guys Coffee Shop*** knus een kopje cappuccino te drinken. Ware liefde? Wilde ze alleen maar haar ouders afschudden? Of allebei? En ***J***'s nieuwe vriendje ***L*** – ja, we weten heel zeker dat hij het was – die laat in het museum aankwam, op zijn paasbest in een prachtige smoking, met ***Madame T.***, de bekende filantrope, aan zijn arm. Hij is gisteravond ook gezien in de Upper East Side, dus misschien was het wel een heel andere leuke blonde jongen. Het schijnt er in deze contreien van te wemelen.

Allemaal een supervette vakantie gewenst, en doe niets wat ik ook niet zou doen! Als je begrijpt wat ik bedoel.

Je weet dat je van me houdt,

gossip girl

sneeuwwitje en het zweeds olympisch snowboardteam

'De laatste keer dat ik hier was stond ons huis echt in deze straat,' hield Georgie koppig vol. 'Maar je kent mijn moeder niet. Ze zou het huis écht wel ergens anders neerzetten, alleen maar om mij te pesten.'

Nate keek uit het raampje van de taxi naar de verbijsterende houten huizen aan Wood River Drive in Ketchum, de grootste plaats in Sun Valley. Erachter rees de met sneeuw bedekte Mount Baldy op, met op zijn robuuste hellingen perfect onderhouden skipistes, afgewisseld door lappen dicht dennenbos. Als hij heel goed keek, kon Nate nog net de skiërs onderscheiden, die als mieren achter elkaar van de berg af zigzagden. Zijn nieuwe board lag in zijn rode Burton-hoes veilig achter in het minibusje en hij popelde om het uit te proberen.

'Misschien moet je even bellen om te vragen waar het precies is,' opperde de chauffeur, met een blik op Georgie in het achteruitkijkspiegeltje. Het ritje van het vliegveld naar haar huis had maar twintig minuten moeten duren, maar ze reden nu al drie kwartier door Sun Valley.

'Rij nou maar gewoon,' commandeerde Georgie, terwijl ze haar hoofd zwaar op Nates schouder liet rusten. De slaappil die ze in het vliegtuig van de man naast haar had losgekregen was nog steeds niet uitgewerkt, en zoals gewoonlijk kletste ze maar wat. Ook droeg ze paarse satijnen Miu Miu-sandalen en een dun zwart topje, wat nogal vreemd was voor iemand die ging skiën. Maar toch, haar zachte, bleke armen voelden fijn onder Nates handen en haar dikke donkerbruine haar was zo glad en weelderig dat hij het allemaal best vond. Het was goed om in het echt bij elkaar te zijn, in plaats van aan de telefoon.

'Weet je nog hoeveel verdiepingen het heeft?' vroeg hij behulpzaam. 'Of er misschien een beekje langs loopt of zoiets?'

'Niet echt,' zei Georgie geeuwend. 'Ik weet nog dat we er een keer met kerst waren en dat het kindermeisje en ik samen een sneeuwpop maakten. Ik had een Fendi-tasje van mijn moeder gepikt en aan zijn arm gehangen.'

Goh, dat hielp.

De chauffeur reed in slakkengang terug richting het centrum. Hij leek het te hebben opgegeven.

'Wacht eens!' Georgie schoot overeind.

De auto kwam met een schok tot stilstand.

'Daar is het!' Ze friemelde aan de deurkruk en schoof de deur van het minibusje open. Het maakte haar niets uit dat ze midden op een kruispunt uitstapte. 'Kom mee!' riep ze Nate ongeduldig toe. Blijkbaar ging ze ervan uit dat de chauffeur of het huispersoneel wel voor de bagage zou zorgen.

Doen we dat niet allemaal?

Nate had het enorme houten huis de vorige twee keren dat ze erlangs waren gereden al bewonderd. Hij had zich afgevraagd wie daar woonden en of ze beroemd waren of zoiets, want er stonden zeven precies dezelfde zwarte Mercedes SUV's voor geparkeerd.

'Van wie zijn die auto's?' vroeg hij terwijl hij achter Georgie aan over de besneeuwde oprit naar de imposante, geruwd stalen voordeur liep.

Georgie beet vol verwachting op haar bloedrode onderlip. Ze leek niet eens te merken dat haar satijnen sandalen nu al helemaal naar god waren. 'Er zit blijkbaar al iemand op ons te wachten.' De enorme deur zwaaide bijna geruisloos open. 'Mama gelooft niet in sloten,' verklaarde Georgie. 'Haar vrienden moeten zich welkom voelen, ook als zij er niet is.'

'Je moeder is er niet?' Toen Georgie hem over de vakantie had verteld, had Nate eigenlijk aangenomen dat Georgies moeder er ook bij zou zijn; dat ze haar zouden helpen koken en samen films zouden kijken tot haar moeder op de bank in slaap viel en zij naar boven konden sluipen om met elkaar naar bed te gaan.

'Welnee. Die zit in de Dominicaanse Republiek of Venezuela of zo. In de winter gaat ze altijd naar het zuiden.'

Ze stonden nu in een ruime hal. Op de vloer lagen rode plavuizen. Dikke houten balken vormden het plafond. De hal kwam uit op een enorme verzonken woonkamer met aan de kant van de bergen één wand die helemaal uit glas bestond. Aan de woonkamer grensde een houten terras, waar uit een *hot tub* stoom oprees. Je kon nog net de zeven hoofden van de mensen die erin zaten zien.

'O, de *hot tub* staat aan!' jubelde Georgie, terwijl ze haar sandalen uitschopte. 'Wie er als laatste in zit haalt iets te drinken!'

Nate liet haar alvast vooruit gaan en bekeek intussen de brede houten trap naar de eerste verdieping. De treden waren bezaaid met kleren en op de vensterbank op de overloop stonden kleine ronde schedeltjes van wilde katten.

Hij liep door de woonkamer, waar het zonlicht dat door de glazen wand scheen zijn gezicht verwarmde. Voor de grote stenen open haard lag de vacht van een grizzlybeer.

Op die vacht zouden we lekker kunnen rotzooien, dacht hij verbitterd, maar in plaats daarvan moest hij zich gaan voorstellen aan een stel vreemden in de *hot tub* van Georgies moeder.

Ze waren met z'n zevenen, wat min of meer die zeven auto's verklaarde. Alhoewel, als ze er geen probleem mee hadden om met z'n allen in een *hot tub* te zitten, hadden ze toch ook met één auto kunnen komen? Georgie zat al in het bad, ingeklemd tussen een grijnzende blonde gast en Chuck Bass. En ze waren allemaal naakt.

'Georgina zei al dat ze een speciaal iemand had,' zei Chuck, met een wellustige blik op Nate. Zijn borst was bedekt met dik, donker haar. 'Maar ze zei er niet bij dat het de beruchte Nathaniel Archibald was!'

Nate ging op de houten bank zitten, die rondom langs de rand van het terras liep. Hij had geen zin om zich uit te kleden en nat te worden, niet met deze gasten erbij.

'En dit is het Zweeds olympisch snowboardteam!' zei Georgie, met een zwaai van haar sneeuwwitte arm in de richting van de zeven blonde jongens die loom in het hete water lagen. 'Chuck kwam ze vlak voor de liften sloten tegen op de *half-pipe*.'

'Dat is Jan, dat is Frans, dat is Josef, Konrad, Sneezy, Dopey en Göran! Zijn ze niet om te smullen?' vroeg Chuck, die zich onderuit liet zakken tot alleen zijn neus en ogen nog boven water uitstaken. Toen schoot hij weer omhoog. 'En ik ben Sneeuwwitje!'

'Nee, ik ben Sneeuwwitje,' zei Georgie beslist.

'Aangenaam,' zei Nate, hoewel hij zijn irritatie nauwelijks kon verbergen. Als Georgie nu al naakt met het Zweeds olympisch snowboardteam in de *hot tub* zat, wat verwachtte ze dan nog van hem? Het kon zijn dat een paar van die lui *gay* waren, aangezien ze met Chuck waren meegekomen, maar ze zouden toch niet allemáál *gay* zijn?

'Hé!' riep Georgie, en ze spetterde water in Chucks gezicht. 'Niet in mijn tieten knijpen!' Ze glimlachte lief naar Nate. 'De zus van Chucks moeder en de zus van mijn moeder zijn nichten. Of zoiets,' legde ze uit. 'We hebben elkaar ooit ontmaagd.'

Nate stak zijn handen in zijn jaszakken. Daar viel niet veel op te zeggen, maar Nate besefte wel opeens dat hij maar weinig van Georgie wist. Ze zat in elk geval vol verrassingen, en meestal waren het geen aangename verrassingen.

Opeens sprong Georgie uit de *hot tub* en liep naakt het huis in. 'Ik haal even champagne! En als je er niet in zit als ik terugkom, Nate, dan duw ik je erin!'

Maar Nate was niet van plan om erin te gaan. Hij stond op en volgde haar natte voetstappen naar de keuken. Georgie rommelde tussen de dozen champagne in de bijkeuken. Haar witte, blote billen waren aan de zijkanten ingevallen doordat ze zo mager was, maar verder was ze volmaakt.

'Ik ga boven mijn spullen uitpakken,' kondigde Nate aan. Hij bood haar de gelegenheid om met hem mee te gaan, zodat hij onder vier ogen ook zíjn kleren kon uittrekken.

'Wat jij wilt,' antwoordde Georgie, waarna ze met onder elke arm een magnum champagne langs hem vloog.

Boven ontdekte Nate dat zijn kleren al keurig opgevouwen in een cederhouten kast in een van de logeerkamers lagen. In plaats van uit te pakken maakte hij dus maar een snelle ronde langs de badkamers om alle potjes met pillen en andere dingen die Georgie zou kunnen innemen weg te gooien. Als haar moeder echt niet in de buurt was, was het zijn verantwoordelijkheid om te voorkomen dat ze een hele fles Nyquil leeg dronk en het huis in de fik stak of zo.

Als hij klaar was met de badkamers zou hij Serena en Blair bellen. Want als een romantisch weekje skiën en seksen met Georgie er niet in zat en ze de hele tijd zo gestoord bleef, dan kon hij wel wat gezelschap gebruiken.

En wie konden hem beter helpen zijn hyperactieve, drugsverslaafde, knettergekke vriendinnetje bezig te houden dan de supervrouw die hij altijd al geil had gevonden en zijn boosaardige, maar nog altijd even mooie ex-vriendin?

b krijgt opeens zin in skiën

Toen ze eindelijk in de Sun Valley Lodge waren aangekomen, ging Blair op haar bed in hun kamer liggen. Ze staarde naar de kale takken van de bomen en de sneeuw en vroeg zich af of ze toch niet beter naar Hawaii had kunnen gaan. Daar had ze tenminste nog bruin kunnen worden.

'Klop, klop!' gilde Serena tegen de deur van de kamer naast hen. 'De huishoudster!'

Ze krijste opgewonden toen haar broer, die ze zo lang niet had gezien, de deur opendeed en haar omhelsde. Erik zweette nog van de sauna, maar toch was hij haar grote, lieve sul. Haar teddybeer.

'Wacht even, dan trek ik iets anders aan,' hoorde Blair hem zeggen.

'Het maakt Blair niet uit wat je aanhebt,' antwoordde Serena. 'Kom even dag zeggen.' Vervolgens hoorde Blair het geluid van blote voeten op het tapijt.

'Hoi.'

Ze richtte zich op haar ellebogen op en knipperde met haar ogen. Erik had alleen een witte handdoek om zijn middel, verder was hij naakt. Zijn blonde, halflange haar was nat. Op zijn kin zat een klein litteken, dat hij had overgehouden aan een valpartij op zijn negende, maar verder was hij helemaal goed.

Blair was al voor hem gevallen toen ze zijn dagboek las en in zijn overhemd sliep. Ze had er niet bij stilgestaan hoe het zou zijn om hem in levenden lijve te ontmoeten. Die grote blauwe ogen! Die droeve, sexy mond! Zijn volmaakte borst! Zelfs zijn voeten waren volmaakt.

Opeens kwam ze met veel drukte in beweging. Ze ging zitten, sloeg haar benen over elkaar, woelde door haar haar en zette een verveeld gezicht op. 'Hoi.' Ze strekte haar armen boven haar hoofd en kromde haar rug. 'En, ben je al wezen skiën?' vroeg ze geeuwend.

Erik grinnikte. Hij wist welk effect hij op meisjes had, en het was grappig om te zien hoe het vriendinnetje van zijn zusje als een volwassen vrouw haar borsten naar hem uitstak. Hij had Blair niet meer gezien sinds Serena ruim twee jaar geleden naar kostschool was vertrokken en hij met zijn studie was begonnen. Ze was altijd een knap meisje geweest, maar met dat ondeugende jongenskopje, haar goed geproportioneerde lijf en aristocratische kin had ze zich echt tot een lekker wijf ontwikkeld.

'De sneeuw is fantastisch, weet je, 's nachts sneeuwt het en overdag is het in de zon iets van zestien graden, dus je kunt gewoon in je korte broek skiën. Er zijn meisje die in hun bikinitopje skiën. En ze onderhouden de pistes hier ook geweldig.'

Blair knikte zogenaamd geïnteresseerd. Ze had haar hele leven geskied, maar ze deed het altijd rustig aan en zette zichzelf nooit voor schut met een hoop uitsloverij. Speciaal voor in de *hot tub* had ze haar favoriete Eres-bikini meegenomen, maar als ze Erik zo hoorde kon ze die ook op de piste aan! Serena had haar gewaarschuwd dat hij een supersnelle ster op de *buckelpiste* was, maar als ze het superlief vroeg zou hij de buckels misschien wel even met rust willen laten. Ze zouden een perfect stel zijn, zij in haar bikini en hij in zijn surfshorts, tot afgunst van iedereen elegant de berg af zwierend.

'Zou je het me morgen allemaal willen laten zien?' vroeg ze. 'Ik heb hier nog maar één keer eerder geskied.'

Erik grijnsde. 'Best.'

Hun hotelkamer was groot en ouderwets, met zware beige fluwelen gordijnen, eikenhouten meubels en een inloopkast. Maar hij was van alle moderne gemakken voorzien: er was een cd- en dvd-speler, een computer met internet en een minibar, die Serena zojuist had ontdekt. Zittend op de grond voor de geopende koelkast stopte ze een Godiva-truffel in haar mond en spoelde hem weg met een slok champagne. Was Blair met Erik aan het flirten? En flirtte Erik gewoon terug? Vreemd.

'Let maar niet op mij,' zei ze binnensmonds. Ze nam nog een slok uit het miniflesje Veuve Clicquot. 'Kijk, het lichtje van de telefoon knippert. We hebben berichten!' Ze rende naar de telefoon naast het bed en volgde de instructies voor het afluisteren van de voicemail.

'Hé, met Nate. Hopelijk zijn jullie goed aangekomen. Zullen we morgenochtend gaan skiën, zo rond halfelf? Laat even horen of jullie zin hebben. Eh, ik weet het nummer hier niet. Het is hier eigenlijk nogal een zootje. Bel me maar op mijn mobiel. Oké. Later.'

Serena vond dat Nate gejaagd klonk, en vreemd genoeg ook nerveus, maar misschien kwam dat alleen doordat hij niet meer stoned was en ze zijn gewone stem niet zo goed kende. Met de telefoon nog in haar hand keek Serena naar Blair en Erik. Hij wees uit het raam en vertelde Blair welke pistes wanneer in de zon lagen. Alsof Blair dat iets kon schelen.

Serena belde Nate en sprak een boodschap in. 'Natuurlijk willen we morgen skiën,' zei ze. 'Ik moet er wel weer even inkomen en we willen natuurlijk heel vaak pauzeren voor warme chocolademelk en een sigaretje, maar als je je verveelt kun je altijd je eigen gang gaan. Leuk om Georgie eindelijk eens te zien. We zien je om halfelf onder aan de River-piste. Dag Natie.' Ze hing op, stopte nog een chocolaatje in haar mond en kroop grommend over de grond voor ze haar kaken van elkaar deed en Erik in zijn kuit beet.

'Au!' brulde Erik.

Serena ging op haar hurken zitten. 'Zullen we nou eens iets gaan dóén?' vroeg ze. 'Of zitten jullie liever in deze saaie hotelkamer een beetje te beppen?'

Blair keek vanaf het bed kwaad op haar vriendin neer en had veel zin om haar tegen haar hoofd te trappen. Kon Serena zich niet met haar eigen zaken bemoeien en haar en Erik rustig laten praten?

Serena sprong op en griste haar make-uptasje uit haar koffer, die geopend op haar bed lag. 'Ik ga douchen,' kondigde ze aan. 'En als jullie daarna iets met me willen gaan drinken, prima. Anders ga ik wel op zoek naar een paar coole, léúke mensen en blijven jullie hier maar lekker naar het weerbericht kijken en in je neus peuteren.' Ze wist dat ze krengig klonk, maar ze vond het ook vrij tactvol van zichzelf dat ze Blair en Erik de kans gaf om terwijl zij onder de douche stond snel even met elkaar in bed te duiken, als ze dan zo nodig moesten.

Blair rolde met haar ogen. Serena was gewoon jaloers omdat Erik opeens liever met haar praatte dan met zijn kleine zusje. En Blair was mooi niet van plan deze kans te laten lopen. Erik en Serena konden elkaar nog zo vaak zien.

'Ik ga me maar eens aankleden,' zei Erik, terwijl hij zijn handdoek optrok. 'Jij moet vast ook nog uitpakken en zo.'

Blair liep naar haar tas en ritste hem open. Ze haalde haar bikini en wat kanten ondergoed eruit en legde het goed zichtbaar op het bed. 'Ik heb niet veel bij me. Ik moet in de winkel beneden nog ski's en zo huren.'

'O ja?' Erik bleef in de deuropening staan. 'Daar kan ik je wel mee helpen. Zeg maar tegen mijn zus dat ik jullie over een halfuur in de lobby zie. Dan kunnen we daarna iets eten.'

'En je ouders dan?' vroeg Blair, die zich opeens herinnerde dat ze hier te gast was. En hoewel ze het liefst in Eriks kamer zou blijven om roomservice te bellen en romantische zwartwitfilms te kijken en elkaar de kleren van het lijf te rukken, was ze niet vergeten hoe het hoorde. 'Moet we niet met hen eten?'

'Welnee. Die hebben hier massa's vrienden. Ze gaan eigenlijk altijd hun eigen gang. Ze zullen best één keer met ons willen eten, of brunchen of zoiets. Maar verder moeten we het maar uitzoeken.' Eriks blik ontmoette die van Blair; dit klonk hun allebei prima in de oren.

'Dit wordt leuk,' zei ze.

'Ja, denk ik ook,' beaamde Erik voor hij zijn kamer in dook.

Nou, het wordt in elk geval interessant!

was het een pistool of gewoon een broodje kaas?

'Het is zondagochtend vroeg en het vriest zestien graden,' klaagde Elise. 'Waarom staan we hier?'

'Ssst,' siste Jenny. 'Daar komt hij.' Ze greep Elise bij haar mouw en trok haar mee de wasserij in waar ze toevallig voor stonden.

'Wat doen we nú weer?' mopperde Elise.

Jenny legde een vinger op haar lippen en hurkte achter een enorme gele zak met was. Voor de gelegenheid had ze een donkere zonnebril op, waardoor ze in de groezelige zaak geen steek zag. 'Ssssst.'

'Kan ik jullie helpen?' vroeg de man achter de toonbank. De meisjes verroerden zich niet, want net op dat moment liep Leo gehaast langs de winkelruit. Zijn witblonde haar zat onder een zwarte wollen muts en hij droeg een versleten bruin leren jack met een wollen kraag, dat óf heel duur was óf heel oud. In zijn handen had hij een wit bekertje koffie en een wit papieren zakje met iets erin.

Aha! Is dat een pistool? vroeg Jenny zich af. Een afgehakte hand? Een doodgewoon broodje kaas?

'Kom mee!' Jenny sprong op en trok Elise mee de winkel uit, achter Leo aan door Seventienth Street naar Park Avenue.

Leo had Jenny nog nooit bij hem thuis uitgenodigd of zelfs maar verteld waar hij woonde. En toen ze had voorgesteld om vandaag iets samen te doen, had hij gezegd dat hij niet kon, zoals hij eigenlijk de helft van de keren deed. Hij was zo ongrijpbaar dat ze hem wel móést bespioneren. Leo had een favoriete koffieshop op de hoek van Seventienth Street en Lexington Avenue en woonde daar vast ergens in de buurt. Die ochtend had Jenny Elise dus om zeven uur uit bed getrommeld en hadden ze tegenover de koffieshop staan wachten tot hij kwam.

'Hé, kijk.' Elise wees naar een chic gebouw aan Park Avenue, compleet met portier en een groen met gouden luifel. 'Hij gaat naar binnen!' Ze had de hele tijd gedaan alsof ze dat spionagegedoe maar achterlijk vond, maar nu kreeg ze de smaak te pakken. 'Woont hij daar?'

'Geen idee,' antwoordde Jenny ademloos. Ze liepen door tot aan de volgende hoek, waar ze een zonnig plekje vonden. Jenny leunde tegen een muur, wachtend tot Leo weer naar buiten zou komen.

'Blijf je hier de hele tijd staan?' Elise haalde een pakje kauwgum uit haar zak en bood Jenny er een aan.

'Waarom niet?' Jenny haalde de wikkel van de kauwgum, beet er de helft af en stopte de andere helft weer terug voor later.

'Nou, straks gaat hij drie uur tv zitten kijken. We gaan hier dood van de kou,' klaagde Elise.

Jenny kauwde op haar kauwgum en stopte haar handen in de zakken van haar zwarte parka. Ze deed haar ogen dicht en liet het maartse zonnetje op haar gezicht schijnen. 'In de zon is het warmer. Trouwens, wat moeten we anders? Het is vakantie. We hebben niet eens huiswerk.'

Daar had Elise niets tegen in te brengen. Het was zwaar balen als je als een van de weinigen in je klas niet naar de wintersport of een of ander zonnig eiland ging. Jenny hield hen in elk geval goed bezig. Ze verstijfde toen ze Leo's blonde hoofd het gebouw uit zag komen, zonder muts en zonder de koffie en het witte papieren zakje. 'Hé,' fluisterde ze, terwijl ze

Jenny's arm aanstootte.

De meisjes drukten zich tegen de muur aan en bogen hun hoofd, in de hoop dat hij hen niet zou opmerken. Deze keer had Leo een gigantische witte mastiff aan een rode riem bij zich. De hond had zo'n geruite jas aan die je voor driehonderd dollar bij Burberry kocht, als je tenminste een stinkendrijke hondengek was, en droeg roze leren laarsjes.

Hemeltje.

Jenny wist niet goed wat ze hiervan moest denken. Het zag er compleet belachelijk uit, maar tegelijk was het vreselijk intrigerend. Hij had nooit verteld dat hij een hond had! Ze gaf weer een ruk aan Elises mouw. 'Kom méé.'

Leo liep op zijn gemak een blokje om en Jenny en Elise volgden hem op veilige afstand. Leo liet de hond rustig snuffelen aan brandkranen en stoepranden waar andere honden hadden geplast. Na een tijdje kromde de hond zijn rug en draaide een enorme drol, en Leo bukte zich plichtsgetrouw om het op te rapen, met een roze plastic zakje dat hij uit een of andere zakjeshouder aan de riem haalde. Vervolgens gooide hij het zakje op de hoek van Sixty-ninth Street en Madison Avenue in een vuilnisbak. Daarna liep hij terug naar Park Avenue en verdween weer in het gebouw.

Jenny leunde op hetzelfde zonnige plekje tegen de muur aan de overkant, volkomen in de war door wat ze net had gezien.

Elise stond naast haar luidruchtig te kauwen. 'Hé, ik weet niet of het waar is, maar weet je die site waar ik altijd op zit te kijken?' vroeg ze.

'Ja?'

'Nou, daar ging het over dat feest waar alle rijke meiden van school donderdag naartoe gingen. En er werd een jongen genoemd die ook op dat feest was, en die klonk precies als Leo. Dus misschien is hij wel een miljonairszoon of zo en durft hij je dat niet te vertellen.'

Jenny kromp ineen. Of misschien schaamt hij zich voor mij en durft hij me niet aan zijn ouders voor te stellen, dacht ze ongelukkig. Toch was ze niet helemaal overtuigd. Leo gedroeg zich niet als een rijke snob en hij zat op een alternatieve school. Als hij echt miljonair was, zou hij wel op St. Jude's zitten, of op een kostschool in New Hampshire.

'Als hij zo rijk is, waarom koopt hij zijn koffie dan in een koffieshop en laat hij zelf zijn hond uit?' wierp ze tegen. Aan de andere kant, waarom had zijn hond een jas aan die meer geld kostte dan zij ooit aan kleren had uitgegeven? God, Leo werd alleen maar raadselachtiger!

'Misschien is hij een spion die doet alsof hij scholier is en infiltreert hij op school in een of ander drugsbende,' opperde Elise.

'En om niet op te vallen trekt hij zijn hond roze laarsjes aan?' zei Jenny, met haar blik strak op de ingang van het gebouw gericht. 'Lijkt me niet.'

Elise maakte een paar spreidsprongen om haar bloedsomloop weer op gang te brengen. 'Nou, misschien zijn het speciale James Bond-laarzen, met torpedo's erin of zoiets.'

'Ja hoor,' giechelde Jenny. Het idee dat Leo spion was beviel haar wel. 'En hij heeft de zwarte band in karate en hij spreekt vloeiend drieëntwintig talen.'

Elise bukte zich om haar veters opnieuw te strikken. Ze begon zich knap te vervelen. 'Wie, die hond?'

'Nee, mafkees!' riep Jenny uit, nog steeds naar de deur kijkend. 'Leo!'

'Wie weet?' zei Elise geeuwend. Ze wilde dolgraag weer naar bed, maar stiekem hoopte ze ook dat Jenny en zij naar Jenny's huis zouden gaan en dat ze daar Dan weer zou zien. Hij was een rare, maar wel een heel erg leuke rare. 'En wat doen we nu?'

Jenny haalde de andere helft van haar kauwgum uit haar

zak. Ze tufte het oude stukje in het papiertje en stak het nieuwe in haar mond. Ze gaf het niet graag toe, maar ze vond het heerlijk om Leo te bespioneren. 'Wachten.'

Ach, ze zijn in elk geval van de straat.

▶ **gossipgirl.nl**

topics | ◀ vorige | ▶ volgende | stel een vraag | reageer

Disclaimer: alle namen van plaatsen, mensen en gelegenheden zijn veranderd of afgekort om de onschuldigen te beschermen. Mij, vooral.

ha mensen!

JONGENS EN MEISJES REAGEREN NIET HETZELFDE

Is het je wel eens opgevallen dat jongens als ze gestresst zijn alleen maar in hun eentje uren lang computergames willen spelen of in het park samen met andere jongens achter een bal aan hollen? Als wíj gestresst zijn, worden we productief. We ruimen onze kasten op, gaan de volmaakte tas kopen, laten onze nagels doen, onze wenkbrauwen waxen en onze tanden witten. Stilzitten is het laatste wat we willen, en het eerste wat we willen is in de buurt zijn van de andere sekse. Meisjes, zelfs onze beste vriendinnen, zijn te competitief, waardoor we alleen maar nog meer gaan freaken, terwijl jongens een welkome afleiding zijn die ons kalmeert. Maar hoe werkt het dan als alle jongens druk zijn met elkaar, en met een bal? Dan hebben we twee opties: óf we doen wat kleren uit en trekken hun aandacht met iets verleidelijkers dan een ronde, stuiterende bal, of we doen ons best om niet zo competitief met onze vriendinnen om te gaan en gewoon een beetje lol met ze te maken. En wees nou eerlijk, als je die ene speciale jongen lang genoeg hebt gekust, wil je toch ook alleen maar je vriendinnen bellen?

Jullie e-mail

V: Beste GG,

ik ben pas dertien en als je het over dingen als studeren hebt, lijkt dat voor mij nog heel ver weg. Maar voor mijn ouders niet. Ze praten nergens anders over. In de voorjaarsvakantie gaan we allerlei scholen bekijken en ik moet nu

al op bijles om me voor te bereiden op mijn eindexamen. Hoe maak ik ze duidelijk dat ze me met rust moeten laten?
– hadenuf

A: Ha hadenuf,
iedereen begrijpt wat je bedoelt, denk ik. Staan we soms nog niet genoeg onder druk?! En ik weet dat dit gestoord klinkt, maar wat ik je aanraad is een beetje omgekeerde psychologie – bij mij werkte dat altijd prima! Doe alsof je staat te trappelen om te gaan studeren! Laat alle studiegidsen komen, behang je kamer met posters van universiteiten, bestel via internet sweaters en petten met logo's van universiteiten, koop een cd-rom met oefeningen voor het eindexamen en gebruik die als achtergrond op je computer. Kijk geen tv meer. Als ze je dan nog niet bezorgd met rust laten, kun je altijd nog een student versieren. Dát helpt zeker. Veel succes!

V: – GG
Beste gossipgurl,
ik zit op Smale, net als die gast waar *J* mee gaat, en het gekke is dat eigenlijk niemand hem kent. Na de laatste les gaat hij meteen naar huis en verder ziet niemand hem ooit. Hij lijkt wel een geest of zoiets.
–celine

A: Beste celine,
als hij een geest is, verklaart dat wel het een en ander. Geesten kunnen natuurlijk gaan en staan waar ze willen en allerlei maffe dingen uithalen. Maar waarom zou een geest naar school gaan? Trouwens, mooie naam heb je – als dat tenminste je echte naam is.
– GG

Gezien

D in warenhuis ***apc***, waar hij in de uitverkoop een pak van zwarte corduroy kocht. Hij wil er natuurlijk een beetje arti en Frans uitzien voor zijn nieuwe baan. ***V***, die bij de ***Gap*** een kaki broek aan het passen was, samen met haar nieuwe vriend met de grote neus. Sinds wanneer draagt zij kaki? ***J***, met een verrekijker en een rare oude-mannenhoed op in ***Park Avenue***. Is ze gek geworden? ***B*** in ***Sun Valley***, waar ze bikini's aan het passen was en condooms kocht. Wacht, ik dacht dat ze zou gaan skiën. En zei iemand daar 'condooms'? ***N***, die een Mercedes SUV vol dronken blonde mannen naar een ruig Mexicaans restaurant reed, ook in Sun Valley. Is het niet zwaar balen om de bob te moeten zijn? En waar was zijn vriendinnetje – nu al van de wereld?
Jeetje. Het klinkt alsof iedereen zijn beste slechtste beentje voorzet, zoals gewoonlijk. Hou me op de hoogte. Deze site gaat helemaal over jullie (als het niet toevallig over mij gaat).

Je weet dat je van me houdt,

gossip girl

d staat voor: doe wat ik zeg, knul

De zakken van Dans nieuwe pak zaten nog dichtgenaaid en zijn natte haar kleefde stijf bevroren aan zijn voorhoofd. 'Hallo?' schreeuwde hij schor in de intercom voor de deur van *Red Letter* in Eleventh Street. De sigaret die hij op weg van de metro hiernaartoe had gerookt was tot op het laatste restje opgebrand en schroeide zijn vingers. Hij gooide de peuk op de stoep en hoopte maar dat die lui van *Red Letter* niet afkeurend uit het raam stonden te kijken. 'Ik ben Daniel Humphrey. De nieuwe stagiair.'

De zwaar getraliede deur maakte een zoemgeluid en Dan duwde hem open. Terwijl hij de trap op liep veegde hij zijn zweterige handen aan zijn broek af. Hij kon het felle kantoorlicht al zien, hoorde het *tik, tik, tik* van toetsenborden, het brommen van faxapparaten, kopieermachines en printers en het eentonige geroezemoes van telefonerende mensen. Boven aan de trap nam hij de kantoortuin in zich op – al die vreemde mensen, over bureaus gebogen, met een telefoon aan hun oor, druk, druk, druk. Halverwege de witte muren liep een dunne, rode, horizontale streep, waardoor het leek alsof de grote ruimte in een rood lint verpakt was. Toen hij zijn ogen een beetje dichtkneep, zag Dan dat de streep uit duizenden piepkleine woordjes bestond, die met rode verf op de muur waren geschilderd. Hij vroeg zich af wat er stond, maar om de woorden te kunnen lezen moest hij bij iemand over het bureau hangen en hij wilde niet onbeleefd zijn.

Hij wachtte tot iemand hem zou begroeten en wegwijs maken

– iemand had tenslotte de deur voor hem opengedaan – maar niemand leek hem op te merken. En hij had nog wel zo'n mooi nieuw pak aan! Hij wipte van de ene voet op de andere en schraapte luidruchtig zijn keel. Niets.

'Eh,' zei hij tegen de man die het dichtst bij hem zat. De man had donker, strak naar achteren gekamd haar en droeg een spierwit overhemd met Franse manchetten en een keurig geperste zwarte broek van Armani of Gucci of iets dergelijks. Voor hem op het bureau stonden vier ongeopende flesjes San Pellegrino. 'Ik kom voor Siegfried Castle,' zei Dan tegen de man.

De man draaide zich om en keek Dan met toegeknepen ogen aan. *'Pourquoi?'*

Dan fronste zijn wenkbrauwen. Waarom sprak die vent niet gewoon Engels?

'Omdat ik zijn nieuwe stagiair ben?'

De man stond op. 'En iek bin je nieuwe baas.' Hij stak zijn hand uit, met de handpalm omhoog. 'Siegfried Castle. Zeg maar Sig – ach nein, noem me maar lieber menéér.'

Dan wist niet precies wat hij met die handpalm aan moest. Brutaal legde hij zijn hand op die van Siegfried Castle, draaide hem om en schudde hem zoals elk normaal mens zou doen.

Siegfried Castle trok een gezicht en maakte zijn hand los. 'Jai bent dichter, nietwaar?'

Dan knikte, terwijl hij zijn blik nerveus over de andere mensen in de ruimte liet dwalen. Ze zaten hem nu allemaal koel op te nemen. Hij zag dat iedereen van die groene flesjes mineraalwater op zijn bureau had. En ze waren allemaal in wit en zwart gekleed, net als meneer Castle. Dan had het gevoel dat hij voor gek liep in zijn lichtblauwe overhemd en grijze pak. 'Ja. Vorige maand stond er een gedicht van mij in het valentijnsnummer van de *New Yorker.* Misschien heeft u het gelezen? Het heet "Sletten".'

Siegfried Castle leek hem niet te horen, en Dan vroeg zich af of er tussen *Red Letter* en de *New Yorker* misschien een bepaalde rivaliteit bestond. Misschien had hij een afschuwelijke *faux pas* begaan door de concurrent bij de naam te noemen. 'Goed. Diet is main uitbak. Main inbak. Main archief. Ongevraagde baidragen. Kopieerapparaat. Telefoon. Fax. Jij zit daar. Iek roep je voor dingen. Wir eten om halftwee in de vergaderruimte. Jai bestelt eten voor ons.' Hij wees links en rechts dingen aan en Dan besefte dat meneer Castle niet van plan was hem nog meer te laten zien of aan iemand voor te stellen. De rondleiding was voorbij.

De telefoon ging. Siegfried Castle ging weer zitten en wees er met een keurig gemanicuurde vinger naar. Dan nam op. 'Hallo?' Hij kromp ineen; hij had natuurlijk iets professionelers moeten zeggen. 'Kan ik u helpen?'

'Wie ben jij verdomme nou weer?' zei een stem met een Engels accent aan de andere kant van de lijn. 'Geef me de Zigster, *pronto*.'

Hij gaf de telefoon aan meneer Castle, die, zag hij nu, een paar grijze haren had en waarschijnlijk ouder was dan hij eruitzag. 'Het is voor u, denk ik.'

Dan ging in de hoek op de stoel zitten die waarschijnlijk voor hem bedoeld was. Hij keek tegen de muur aan en er stond niets op het bureau: geen computer, geen telefoon, niet eens mineraalwater. Hij overwoog zich aan de andere mensen op kantoor voor te stellen, maar hij wilde ze niet storen bij hun werk. Hij tuurde naar de rode streep van woordjes op de muur, maar hoe langer hij ernaar keek, hoe waziger ze werden, tot ze voor zijn ogen dansten. Hij wierp een zijdelingse blik op de uitbak van meneer Castle. Er zat een brief in.

'Zal ik die voor u posten?' vroeg hij.

Siegfried stak een sigaret in zijn mond en knipte zijn zilveren Zippo open. Vervolgens mikte hij de sigaret in de prullenbak onder zijn bureau. 'Ga je gang,' zei hij hatelijk, alsof hij dolgraag van Dan af wilde. 'Ich moet ook kaviaar haben.' Hij haalde een biljet van honderd dollar uit zijn zak. 'Gourmet Garage aan Seventh Avenue. Géén beluga. Het is de zwarte in het blauwe blikje.'

Alsof iemand zou weten waar hij het over had.

Dan pakte het geld en de envelop en liep naar buiten. Er zat geen postzegel op de envelop en hij had geen idee waar het postkantoor was, maar er was er vast wel een in de buurt en onderweg kon hij mooi een sigaret roken.

Tien straten verder had hij het postkantoor nog steeds niet gevonden, maar op een pier aan de Hudson wel vier sigaretten gerookt. 'Ik moet terug,' zei hij bij zichzelf, en hij gooide zijn sigaret in het water. Maar hoe kon hij teruggaan met de envelop in zijn hand, als een debiel die niet wist waar je postzegels kocht?

Hij leunde tegen de reling en voor hij zich ervan kon weerhouden liet hij de envelop in het golvende bruine water vallen. De envelop bleef een paar tellen drijven, raakte doorweekt en zonk.

Oeps!

Dan draaide zich vlug om en liep met grote stappen de pier af, richting Eleventh Street. Als hij vanavond thuis was, zou hij op internet opzoeken welk postkantoor het dichtst bij de burelen van *Red Letter* was. Hoe belangrijk kon die ene brief nou eigenlijk zijn geweest?

Hij stak zijn handen in zijn zakken, voelde het bankbiljet knisperen en dacht weer aan de kaviaar.

'Fuck.'

Bij de Gourmet Garage zag hij stapels blikjes met zwarte kaviaar en ongeveer acht merken met een blauw label. Dan pakte het duurste en liep naar de kassa.

'Dan?'

Hij draaide zich om. Het was Elise, de vriendin van Jenny. Ze had een stokbrood van ongeveer een meter onder haar arm en haar gezicht zat onder het meel. Ze zag er best lief uit eigenlijk, alleen zag Dan nu pas dat ze een stuk groter was dan hij, een kop ongeveer.

'Wat doe jij hier? Jenny zei dat je vandaag in je nieuwe baan begon.'

Dan wees naar het blikje kaviaar, dat over de lopende band naar de caissière hobbelde. Hoe kon zoiets kleins in godsnaam 74 dollar kosten? 'Ik moest even iets kopen van mijn baas.'

Elise keek toe terwijl hij de kaviaar met het briefje van honderd betaalde en het blikje samen met het wisselgeld in zijn jaszak stopte. 'Wauw,' zei ze geïmponeerd. 'Trouwens, ik ben net naar je kantoor geweest om je koekjes te brengen. Ik verveelde me en ik dacht dat je op je eerste dag vast wel zin had in iets lekkers.' Met een verlegen glimlach rekende ze haar stokbrood af. 'Ik schrijf altijd beter als ik er iets lekkers te knabbelen bij heb.'

Dan wist niet precies wat hij hiervan moest denken. 'Ik moet terug,' zei hij, terwijl hij de deur voor haar openhield.

'Oké.' Ze liep met hem mee naar de hoek, het stokbrood onder haar arm geklemd. Haar zwarte wollen jas zat onder het meel. 'Ik moet een taxi hebben. Ik ging alleen even wat brood voor mijn moeder kopen. Bij ons thuis leven we zo'n beetje op cola en stokbrood. Het Wells-dieet, noemt mijn vader dat.'

Dan glimlachte. Het dieet werkte wel. Elise was hartstikke slank. In het koude zonlicht keek hij turend naar haar op. Elise had hem koekjes gebracht. Ze had leuke sproeten en was lang en slank en ze had een stokbrood onder haar arm. Zoals ze daar stond, met haar zwarte jas en zwarte platte schoenen, zag ze er heel Frans en poëtisch uit. Hij zou absoluut een gedicht over haar kunnen schrijven.

Ze zwaaide met het stokbrood naar een langsrijdende taxi.

'Hé!' De taxi stopte, en ze draaide zich om om gedag te zeggen. 'Misschien gaan Jenny en ik later nog een film kijken. Misschien zie ik je dan bij jou thuis?'

Dan deed een stap in haar richting. 'Je hebt meel op je wang.' Hij veegde er met zijn duim over en gaf haar een kus op haar wang. 'Zo.'

Elises mondhoeken krulden op in een schuchtere glimlach. 'Dank je.' De taxichauffeur toeterde. Ze klemde het stokbrood weer stevig onder haar arm. 'Ik heb de koekjes op je bureau gelegd. Ze zijn best lekker, denk ik. Oké, zie je,' zei ze voor ze achter in de taxi stapte.

Petite mignonette, schreef Dan op de terugweg in gedachten. *Lieve coquette.* Hij wist niet eens of het wel echte Franse woorden waren, maar ze klonken naar een flirtend Frans meisje dat een stokbrood onder haar arm had en koekjes voor je meebracht. Een meisje dat je op de wang kuste en voor wie je liedjes en gedichten schreef. Elise was tenslotte pas veertien. Ze was geen Mystery Craze, maar ze aanbad hem en ze wás er tenminste gewoon.

Hij stak nog een sigaret op en liep op zijn gemak terug naar kantoor. Dat werken viel tot nu toe best mee.

Zolang hij niet op kantoor zat.

v zoekt rotzooi voor haar ouders

'Kijk, pap, een oude slee,' riep Vanessa. Ze was zo dom geweest om tegenover haar ouders te laten vallen dat mensen in New York bergen ouwe troep op de stoep zetten – ze had zelfs een keer een paar prima rolschaatsen gevonden – en nu schuimden ze met het hele gezin de straten van Williamsburg af, op zoek naar schatten voor hun assemblages.

Arlo slenterde naar de rode plastic slee en tilde hem op. De slee was doormidden gebroken en zat vol met papperige stickers van schildpadden. De onderkant was verkleurd van alle hondenpis die het ding over zich heen had gekregen.

'Hij ruikt misschien niet zo lekker,' waarschuwde Vanessa.

Arlo haalde zijn schouders op en liet de slee in Ruby's boodschappenwagentje zakken. Ze hadden al een blauwe kunststof vissenkom gevonden, een witte koksmuts en een van punaises gemaakte asbak.

'Wat we nodig hebben is iets groots,' zei Gabriela toen ze weer doorliepen. 'Iets betekenisvols.'

Vanessa liep met tegenzin achter hen aan. Ze vroeg zich af wat haar moeder bedoelde. Nog een paard? Een reusachtige kaasrasp? Ze schopte tegen een platgetrapt jus d'orange-pak en ging op een trappetje voor een huis zitten, terwijl haar vader en moeder een gesprek voerden met de eigenaar van een oeroude bestelauto, voor de deur van iets wat leek op een vissershut te midden van de pakhuizen. Even later kwam haar moeder naast haar zitten.

'Arlo heeft een geestverwant gevonden,' zei ze, van een

afstandje glimlachend naar haar man. 'Dit kan wel even duren, denk ik.'

Vandaag droeg Arlo zijn wollen poncho over een bermudashort en tennisschoenen zonder sokken erin. Zijn knieën waren blauwachtig wit en knokig en zijn schenen waren beurs van het rondstommelen in zijn smederij in Vermont, waar hij van oude kruiwagens of hertengeweien mobiles maakte. Het verbaasde Vanessa dat haar vader ooit iemand had weten te vinden die zo naar hem kon kijken als haar moeder. Over geestverwanten gesproken!

'En hoe is het met dat leuke slordige vriendje van je?' vroeg Gabriela. Ze trok het elastiek uit haar lange grijze vlecht en haalde haar met verf besmeurde vingers door haar haar.

Vanessa trok een gezicht. Een van de redenen waarom ze haar hoofd schoor, was dat het haar van haar moeder haar de rillingen bezorgde. 'Dan bedoel je?'

Gabriela stak een hand uit en begon Vanessa's nek te masseren. Vanessa verstijfde – ze hield er niet van om zomaar aangeraakt te worden – maar haar moeder merkte het niet. 'Ik heb altijd gedacht dat jullie nog wel eens zouden trouwen. Jullie deden me aan Arlo en mij denken.'

Vanessa sloeg haar armen om haar knieën en liet de massage maar over zich heen komen. 'Dan is bij de politie gegaan,' zei ze, omdat ze wist dat haar ouders een gruwelijke hekel aan de sterke arm hadden.

'Dat meen je niet.' Gabriela liet Vanessa's nek los. Ze verdeelde haar haar in drie dikke strengen en begon het opnieuw te vlechten. 'Hij was zo'n fantastisch talent. Zo'n zeldzaam, scherp oog voor schoonheid. En zo loyaal.'

Loyaal? In de omgekeerde wereld.

'Ha!' brieste Vanessa. Dan zou nergens zijn als zíj niet had gezien hoe goed zijn gedicht was en het niet aan de *New Yorker* had opgestuurd. 'Dan is helemaal niet bij de politie,' bekende ze. 'Hij is alleen niet aardig meer. Hij vindt het wel oké om over mensen heen te lopen, zolang je er maar een mooi gedicht over kan schrijven.' Ze wierp een blik op haar moeder om te zien of haar opmerking was doorgedrongen. 'Hij is een klootzak,' besloot ze.

'Echte kunstenaars worden altijd voor klootzak uitgemaakt,' zei Gabriela met een zucht. 'Je moet niet zo streng voor ons zijn.' Ze bond haar vlecht vast met het elastiekje dat om de broccoli van gisteravond had gezeten. 'Weet je wie pas echt klootzakken zijn?'

'Wie dan?' vroeg Vanessa, terwijl ze overeind kwam. Haar vader kwam met een stinkend oud vissersnet op hen af en grijnsde enthousiast, alsof hij popelde zijn buit te laten zien.

'De Rosenfelds,' antwoordde haar moeder. 'Die opmerking van Pilar laatst, dat ze zelfs geen tijd heeft om te recyclen? Wie heeft daar nou geen tijd voor?!'

Uh, een heleboel mensen?

'Jordy is wel aardig,' wierp Vanessa voorzichtig tegen.

'Maar die bril die hij op had! Die heeft waarschijnlijk meer gekost dan onze auto! Als je het mij vraagt had hij dat geld beter aan een neuscorrectie kunnen uitgeven.'

Kijk, zelfs vredelievende hippies houden wel van een gemene roddel.

Vanessa barstte in lachen uit. Aangezien haar ouders in een Subaru-stationwagon reden die ouder was dan Vanessa zelf, had Jordy's bril waarschijnlijk véél meer gekost dan hun auto. En als haar ouders echt zo de pest aan de Rosenfelds hadden, verheugde Vanessa zich al op het moment dat haar moeder erachter zou komen wie ze had gevraagd vanavond naar Ruby's optreden te komen.

Een zeker iemand met een dure bril en een lange neus, misschien?

briljant gedicht gevonden op bureau stagiair!

Toen Dan eindelijk weer terugkwam op kantoor vond hij de ruimte volkomen verlaten. Hij legde het wisselgeld van de kaviaar op Siegfrieds bureau en liep langs de rij bureaus verder naar een klein gangetje. Aan het eind van het gangetje was een dichte deur. Dan hoorde stemmen aan de andere kant van die deur. Hij klopte zachtjes.

'Binnen,' beval Siegfried Castle.

Dan duwde de deur open. Het personeel van *Red Letter* zat aan een vergadertafel koekjes te eten en water te drinken uit die kleine flesjes waar ze allemaal blijkbaar zo dol op waren. Op tafel lag een gedrukt exemplaar van de Duitse vertaling van Mystery Craze's biografie. Het omslag was wit, met een foto van een flamingo erop. Niet de hele vogel, alleen de poten, waarvan eentje gebogen.

'Zolang jai niet terugkwam mit dem kaviaar, moesten wir jouw koekjes maar eten, dachten wir zo,' verklaarde Siegfried Castle. Hij knikte in de richting van de tengere vrouw van middelbare leeftijd die naast hem zat. 'Diet is Betsy. Das is Charles. Das is Thomas. Das is Rebecca. Bill, nog een Bill en Randolph,' zei hij, in een belachelijk tempo de hele tafel afwerkend.

Randolph was ook Dans tweede naam en hij had er vreselijk de pest aan. Hij knikte en glimlachte beleefd. Iedereen was precies zo gekleed als meneer Castle, in een gesteven wit overhemd met Franse manchetten. Het leek wel een of andere sekte.

'Sorry dat het zo lang duurde. Er stond een heel lange rij op het postkantoor,' loog hij. Liegen en andermans post weggooien was eigenlijk niets voor hem, maar op een of andere manier werd hij dwars van deze baan. 'Maar goed, hier is het dan.' Hij zette het blikje kaviaar voor meneer Castle op tafel.

De beroemde redacteur pulkte het etiket van het blikje en plakte het op tafel. Vervolgens gooide hij de kaviaar in de prullenbak naast de deur.

Hallo?

Dan wist niet of hij moest gaan zitten of niet. Ze waren blijkbaar aan het vergaderen en hij had duidelijk de verkeerde kaviaar meegenomen, dus...

'Vertel einmal was jai van Mistewie Kwees denkt,' zei meneer Castle, Dans gedachten onderbrekend. 'Hier denken sie allemaal das sie ein of andere profeet ist, selbst die frauen!' De mannen aan tafel grijnsden wellustig.

'Een seksgodin, zul je bedoelen,' riep Randolph uit, luidruchtig kauwend op zijn koekjes.

Dan stond nog steeds, zwetend in zijn jas. Hij ging op de vrije stoel naast meneer Castle zitten en staarde naar de lege trommel, waar Elises koekjes in hadden gezeten. 'Mystery en ik zijn goede vrienden,' zei hij zachtjes. 'Ze is heel... talentvol.'

De mannen barstten weer in lachen uit. Opeens bekroop Dan het gevoel dat hij hier niet de enige was die met Mystery naar bed was geweest.

'Ze is een hartstikke goede dichteres,' merkte Rebecca op. Ze had puntige oren, als een elf. 'Niet te geloven dat ze nooit op school heeft gezeten.'

'Ein wees die nicht op school hat gesessen, grootgebracht ist door wolven, doet alles und kan daar later wieder over schreiben. Kein wunder das sie nu al beroemd is,' zei Siegfried Castle dromerig. Hij krabbelde iets op het paarse blocnote dat voor hem op tafel lag.

Dan friemelde aan de draadjes waarmee zijn broekszakken dicht genaaid zaten. Hij snapte eigenlijk niet waar deze vergadering over ging. Hij had behoefte aan een sigaret en een kop koffie, en hij wilde het gedicht over Elise schrijven voor hij vergat wat hij wilde zeggen.

Hij wees naar de Duitse versie van Mystery's boek. 'Ik heb het nog niet gelezen, maar het is vast heel goed.'

Siegfried raapte een stapel papier van de grond op en smeet die voor Dans neus op tafel. 'Das ist alles rotzooi – wir nemen baina nooit iets was zomaar opgestuurd is. Aber iek wil es doch lezen.'

Dan keek naar de stapel papier. Hij had altijd gedacht dat alles in *Red Letter* zomaar was opgestuurd. 'Hoe doen jullie dat dan?'

Iedereen lachte. 'Domoor. Wir vragen unsere freunde gewoon om iets te schraiven, of misschien zien wir iets moois auf die muur van die wc staan,' verklaarde meneer Castle, alsof het de gewoonste zaak van de wereld was.

Dan pakte de stapel papier. 'Moet ik de gedichten die ik goed vind apart leggen?' vroeg hij verward.

'Lees sie nou maar gewoon und dan gooi jai sie weg!' schreeuwde Siegfried Castle, rood van kwaadheid. 'Raus! Raus!' riep hij, wijzend naar de deur. Hij griste de lege koekjestrommel van de tafel en gooide hem bijna naar Dan. 'Raus!'

Dan rende de kamer uit en liep met de trommel en de gedichten terug naar zijn bureau. Hij trilde over zijn hele lichaam en hij was bang dat hij zou gaan huilen. Daarom begon hij snel door de stapel te bladeren. Sommige gedichten waren vreselijk, maar er zaten ook heel goede en originele tussen. Hij overwoog aan Siegfried Castle te vragen wat er eigenlijk niet deugde aan die gedichten. Of misschien kon hij de gedichten die hij goed vond in de inbak van meneer Castle leggen en hem in een briefje vragen er nog eens naar te kijken. Aan de andere kant, hoe minder hij met Siegfried Castle te maken had hoe beter.

Toen hij zichzelf weer in de hand had, pakte hij een leeg vel papier van de stapel naast de printer en schreef snel de eerste regels op van het gedicht dat al de hele middag in zijn hoofd zat.

Petite mignonette, lieve coquette
ik proef je koekjes, je baguette
je vult mijn trommel

Die laatste regel klonk hem bekend in de oren, alsof hij hem al eens in een ander gedicht had gebruikt. Hij sloeg zijn benen over elkaar en dacht na. Iemand spoelde het toilet door. Hij kon wel even gaan plassen, besloot hij. Plassen en daarna het gedicht afmaken. Hij stond op en liep naar de wc. Op de muur stond met rode inkt iets in het Latijn geschreven, maar hij kon het niet ontcijferen.

Toen hij terugkwam lag het gedicht niet meer op zijn bureau, maar het personeel zat nog in de vergaderruimte.

Dan durfde niet op onderzoek uit te gaan. Hij kon alleen maar hopen dat zijn onvoltooide gedicht onder de naam 'Anonymus' in het volgende nummer van *Red Letter* zou staan. Uiteindelijk zou hij laten uitlekken dat het gedicht van hem was, waarna de literaire wereld om meer zou roepen. Hij zou een boek schrijven, of misschien wel tien boeken, en wereldberoemd worden, net als Mystery Craze.

Maar misschien niet zo berucht.

het raadsel l

Jenny en Leo zaten de hele film lang hand in hand, en ook toen ze de bioscoop uit liepen bleven ze elkaars hand vasthouden. Jenny had helemaal niet op de film gelet. Ze had de hele tijd alleen maar kunnen denken: Straks neemt hij me mee naar zijn huis. Dat grote gebouw aan Park Avenue is hier maar vijf straten vandaan. En dan ontmoet ik zijn hond en zijn moeder en haar persoonlijke trainer en hun tien dienstmeisjes...

'Hé, heb je misschien zin om naar het Guggenheim te gaan?' Leo keek glimlachend op haar neer, met die lieve kapotte tand van hem.

Als hij zo rijk is, waarom laten zijn ouders die tand dan niet repareren, vroeg Jenny zich af. Aan de andere kant was ze blij dat ze dat niet deden. 'Het is al acht uur geweest. De musea zijn nu toch allemaal dicht?'

'Een keer in de maand hebben ze zo'n museumnacht,' legde Leo uit. 'En het is eigenlijk veel cooler, weet je, om de schilderijen te zien als het buiten donker is.'

Als Jenny helder had kunnen denken, had ze dit het mooiste voorstel gevonden dat ze ooit had gehoord. Ten eerste was het supercool dat Leo en zij allebei van kunst en musea hielden. Ten tweede was het supercool dat hij van die gave museumnachten wist en dat hij er samen met háár naartoe wilde.

Maar Jenny kon alleen maar denken: Hij neemt me niet mee naar zijn huis! Wat mankeert er aan mij? Wat mankeert hém? Wat zit hier allemaal achter?

'Heb jij huisdieren?' vroeg ze wantrouwig. Ze staken Second Avenue over en liepen verder in de richting van Fifth Avenue.

'Huisdieren? Nee, hoezo?' Leo sloeg een arm om haar schouders. 'Brrrr. Heb je het warm genoeg? Wil je mijn sjaal?'

Weer zo'n hartverwarmend romantisch gebaar, maar had ze het in de gaten?

Geen huisdieren, piekerde Jenny, te zeer door andere dingen in beslag genomen om last te hebben van de kou. Maar waarom zou hij liegen? En waarom gaat hij zo snel op een ander onderwerp over?

'Zo, we zijn er al.'

Het spiraalvormige gebouw van het Guggenheim Museum torende in het donker spookachtig boven hen uit. KISS, KISS, stond er op het spandoek dat boven de ingang flapperde op de wind. Leo bloosde toen hij Jenny ernaar zag kijken.

'Kom, we gaan naar binnen.'

Jenny maakte haar tasje open om geld te pakken voor de toegang, maar Leo beduidde haar dat ze haar portemonnee moest wegstoppen. 'Hoeft niet. Ik ben lid, we mogen gratis naar binnen.'

Lid? Zo zo. En had Elise niet gezegd dat Leo donderdagavond op dat feest in het Frick-museum gezien was? Het Guggenheim was waarschijnlijk gewoon eigendom van zijn familie.

Ze liepen door de flauw oplopende zalen van het museum en bleven staan bij *Verjaardag* van Marc Chagall, een schilderij van een vrouw met een bos bloemen in haar hand, die een man kust die boven haar in de lucht zweeft. De vrouw zag eruit alsof ze iets saais aan het doen was, zoals de tafel dekken, toen die man opeens naar beneden kwam en haar lippen ving met de zijne.

'Dat blauw vind ik mooi,' zei Leo, die aandachtig naar het schilderij keek. 'Je zou denken dat blauw het koud maakt, maar dat is niet zo. Het geeft juist warmte.'

'Hmm.' Jenny had er geen woord van gehoord. Ze bestudeerde zijn profiel, zijn haar, zijn kleren, zijn schoenen, zijn nagels – op zoek naar een aanwijzing, een verklaring.

Leo keek haar even aan en begon weer te blozen. Hij nam haar bij de hand. 'Mag ik je kussen? Voor we verder lopen, bedoel ik?'

Eerder had ze niet goed opgelet, maar nu had hij haar volle aandacht.

'O! Eh. Ja hoor.' Jenny deed een stap achteruit en verloor bijna haar evenwicht.

Leo greep haar hand nog steviger vast. 'Ik heb je.'

Jenny vond het goed dat hij haar naar zich toe trok en hief haar gezicht naar hem op. Wat ze vervolgens deden was helemaal geen raadsel, al vroeg ze zich vaag af waar hij zo goed had leren kussen.

Kon ze toch maar eens ophouden met denken.

die corpsbal ziet er best lekker uit

'Hij zal je wel heel leuk vinden als hij op zo'n avond helemaal hiernaartoe komt,' fluisterde Ruby in Vanessa's oor. Haar band, SugarDaddy, stond op het punt aan hun vaste maandagavondoptreden te beginnen.

'Hij komt alleen maar voor de muziek,' antwoordde Vanessa sarcastisch.

Jordy Rosenfeld stond in de deuropening van de donkere, overvolle club en ritste zijn groene parka open. Zijn rare lange neus droop van de kou en zijn felgele coltrui en kakibroek leken wel licht te geven tussen de in het zwart geklede autochtone Williamsburgers.

Normaal gesproken had een jongen zoals hij haar koude rillingen bezorgd, maar op dit moment maakte het Vanessa niets uit hoe geel zijn trui was. En zijn neus was best sexy en gedistingeerd, vanuit een bepaalde hoek gezien. Ze stond op en wenkte hem.

'Dag, mevrouw Abrams,' zei Jordy tegen Gabriela. 'Meneer Abrams, hoe gaat het?'

Vanessa's ouders droegen allebei een T-shirt van Greenpeace, een strakke zwarte legging en witte sokken in Birkenstocks. Ze hadden een assemblage in hun eigen tentoonstelling kunnen zijn.

Stilleven met overjarige hippies.

Gabriela wierp haar dochter een verbaasde blik toe. 'Dag, Jordy. Vanessa had ons niet verteld dat jij vanavond ook zou komen.'

'Dat is omdat ik het geheim wilde houden.' Vanessa schonk Jordy haar versie van een verleidelijke glimlach, wat eigenlijk een doodgewone glimlach was, want Vanessa glimlachte niet zo vaak.

Jordy trok zijn jas uit en kwam naast haar zitten. 'Ik heb mijn scriptie bijna af.'

'Dan heb je iets te drinken verdiend,' antwoordde Vanessa. Ze zwaaide naar de barkeeper en begon tegen haar neus te tikken en aan haar oren te trekken, alsof ze hem een reeks geheime tekens gaf. SugarDaddy speelde zo vaak in de Five and Dime dat het zo ongeveer hun tweede thuis was. Vanessa had zelfs heel even iets met de vorige barkeeper gehad, die nu in Nieuw-Zeeland wildwatertochten begeleidde.

De barkeeper kwam vragen wat Vanessa's nieuwe vriend wilde drinken.

'Heb je Baileys?' vroeg Jordy.

Arlo zat naar de band te kijken, die bezig was met de soundcheck. SugarDaddy bestond uit vier bleke Ierse jongens met een dromerige blik in hun ogen en Ruby, die veel schreeuwde en met haar kont draaide, al was zij niet degene die zong.

'Wat zullen we doen met de dronken zeeman,' zei Ruby om het geluid te testen zachtjes in haar microfoon. Arlo grijnsde trots.

Gabriela stond op om naar de wc te gaan. 'Ik hoop dat ze snel beginnen. Arlo en ik hebben die aardige mensen die we in de metro tegenkwamen beloofd dat we om middernacht samen zouden chanten.'

De barkeeper bracht een glas romig lichtbruin spul met ijs en Jordy nam een slokje. 'Dit vind ik lekker,' zei hij eenvoudig.

Gabriela kwam terug van de wc, haar lange grijze haar opnieuw gevlochten en à la Heidi op haar hoofd vastgezet. Ze had Labello – haar idee van make-up – opgedaan en haar witte sokken uitgetrokken.

Het licht werd gedimd en Ruby begon in de microfoon te grommen en haar basgitaar ervan langs te geven. De band zette een van zijn grote hits in: *Canada is the future.*

Jordy bekeek de menigte in het café met wijd opengesperde neusgaten. Vanessa zag dat er een label achter uit zijn gele trui stak. *Made in China* stond erop.

Gabriela wees ernaar. 'Wist je dat kleren uit China meestal gemaakt zijn door Thaise gevangenen, die gemarteld worden en bijna niet te eten krijgen?'

Jordy staarde haar aan.

'Die trui van jou is gemaakt door slachtoffers van de massaproductie,' preekte Gabriela.

Vanessa wist dat er wel iets van waarheid in haar moeders woorden zat, maar Jordy's trui was al lelijk genoeg – ze hoefden het niet ook nog over de herkomst van het ding te hebben.

SugarDaddy ging over tot een van zijn beroemde lange drumsolo's. Ruby maakte bijna net zoveel lawaai als de drummer en schreeuwde iets over klootzakken in minibusjes.

'Je weet niet hoe teleurgesteld ik was toen ik je moeder hoorde zeggen dat ze niet meer aan recycling doet,' zeurde Gabriela. 'Ik dacht zo dat jij en je ouders maar eens voor een korte vakantie naar Vermont moesten komen. Het is zo ongerept daar. Misschien herinneren ze zich dan weer wat heilig is.'

Jordy glimlachte beleefd. 'Ik zal het tegen ze zeggen. Maar eigenlijk doen mijn ouders alleen maar niet meer aan recycling omdat ze een vuilverbrander thuis hebben en het gewoon makkelijker is om alles maar in die koker te mikken. Ik leef zo'n beetje op Cup-a-soup en koffie, dus ik heb toch niets te recyclen.'

Gabriela keek hem met grote paniekogen aan.

Vanessa grinnikte. Ja, Jordy was de antichrist, en hij werd

met de seconde leuker. Ze schoof haar stoel een beetje dichter naar hem toe. Intussen begon SugarDaddy aan een vreemd, springerig dansnummer.

Vanessa boog zich naar Jordy toe en fluisterde in zijn oor: 'Als je niet uitkijkt ga ik je zoenen.'

Zijn mondhoeken krulden op, en hij nam nog een slok Baileys.

Gabriela porde met haar blote tenen in Arlo's been. 'Laten we dansen, schat. Ik moet een beetje stoom afblazen.'

Maar Arlo was zo gefascineerd door de muzikanten dat het kwijl in zijn mondhoeken stond. Hij was net een klein kind dat voor het eerst naar het circus is, vond Vanessa.

Ze schoof nog dichter naar Jordy toe en hief haar gezicht naar hem op, een beetje schuin om niet met zijn neus in aanvaring te komen. 'Ik ga je nú zoenen,' fluisterde ze, voor haar moeder Arlo van zijn stoel kon sleuren.

Ze drukte haar lippen op de zijne en proefde de Baileys, proefde het verschil tussen Jordy en Dan. En het smaakte... jammie.

seks is beter: après-ski

'Heb je het echt niet koud?' vroeg Serena voor de vierde keer aan Blair. Blair had alleen haar roze bikinitopje, een wit kasjmier vest en een zwarte Miss Sixty-stretchbroek aan – niet bepaald een ski-outfit voor grootse prestaties, al hangt het er wel een beetje van af wat je onder prestaties verstaat.

Met een hand op Eriks schouder probeerde Blair nog een keer de hak van haar skischoen in de binding te rammen. 'Verdorie, hij wil er niet in.' Ze grijnsde schaapachtig toen Erik door zijn knieën zakte om haar te helpen. Hij droeg een pluizig fleecejack van Patagonia over een prachtige gebreide Aran-trui en een strakke zwarte skibroek waarin de contouren van zijn sexy dijen goed uitkwamen. Nee, ze had het absoluut niet koud, maar bedankt voor de belangstelling.

Serena sloeg met haar skistok in de sneeuw. Ze popelde om naar de piste te gaan, weg van wat er ook aan de hand was tussen haar grote broer en haar beste vriendin. Het was best lief om te zien hoe Erik deed alsof hij niet merkte dat Blair met hem flirtte. Maar aan de andere kant was het juist helemaal niet leuk.

Serena ritste haar degelijke maar sexy lavendelkleurige skipak tot aan haar kin dicht en trok de grijze wollen muts over haar oren. Als Nate nu niet snel kwam, ging ze alleen in die skilift. Er wachtte haar een hele berg vol jongens die onmiddellijk verliefd zouden worden op de manier waarop zij haar bochten maakte. Ze moest gewoon naar boven.

'Zo.' Erik richtte zich op en trok zijn dikke zwartleren skihandschoenen aan. 'Hoe voelt dat?'

Blair leunde op haar stokken en trok als een gogo-danseres haar knieën op. 'Goed wel,' zei ze timide. 'Maar wat als ik val?'

Erik zette zijn Scott-zonnebril met spiegelglazen op. Hij zag eruit alsof hij al het hele seizoen aan het skiën was, ook al was hij net pas aangekomen. 'Ik laat je niet vallen,' beloofde hij met een grijns die suggereerde dat hij de hele weg de berg af haar hand zou vasthouden.

Serena rolde met haar ogen en rukte haar skibril af, klaar om die twee in hun sop te laten gaarkoken en de skiliftbediende een briefje voor Nate te geven, maar op dat moment zag ze Nate met zijn goudblonde haar over het besneeuwde pad aankomen. Hij hield zijn snowboard met het wietblaadje en Georgies ski's moeiteloos op zijn sterke botenbouwerschouders. Georgie liep naast hem. Haar bijna zwarte haar, dat tot op haar middel hing, waaierde als een cape achter haar aan. Ze droeg een met bont afgezette jumpsuit van donkere spijkerstof, die eruitzag alsof Tom Ford hem speciaal voor haar had gemaakt. Zelfs haar muts en bruine leren skilaarzen waren met bont afgezet.

'Ik was vergeten hoe mooi ze was,' zei Serena zachtjes, maar Blair hoorde haar niet. Ze was te druk met doen alsof haar maag bij de aanblik van Nate en zijn nieuwe vriendin geen raar sprongetje had gemaakt.

Toen ze nog een paar honderd meter ver weg waren, tilde Nate de ski's van zijn schouder, waarna hij en Georgie er zonder enige moeite op stapten. Als kunstschaatsers gleden ze sierlijk door de sneeuw naar de anderen toe.

'Hé. Fijn om jullie te zien.' Nate had de halve nacht zitten toekijken terwijl Georgie naakt in de *hot tub* Jägermeisters zat te drinken met het Zweedse snowboardteam, dus hij loog niet. Het had hem niet snel genoeg ochtend kunnen worden.

'Wauw!' deed Georgie enthousiast toen ze Blair zag. 'Jij durft.'

Blair bekeek Georgie vluchtig en ritste haar vest een beetje verder open. 'Dank je,' antwoordde ze, als wist ze niet precies wat Georgie bedoelde.

'Ik heb die ook, maar dan in het wit,' zei Georgie, doelend op Blairs bikinitopje.

Erik en Nate wierpen allebei een blik op Blairs kleine maar mooie borsten en stelden zich voor hoeveel beter Georgies grotere en mooiere borsten er in een witte versie van datzelfde topje uit zouden zien.

Erik stak een skistok naar Blair uit. 'Kom op, ik trek je.'

Ah, wat lief!

Ze wilden net aansluiten in de lange rij voor de skilift toen Chuck Bass op zijn nieuwe Burton-snowboard voorbijgleed. 'Hé,' riep hij ter begroeting. 'Die Zweden hebben me lesgegeven op de *halfpipe*. Die lui zijn echt *chill*!'

Met z'n vijven zagen ze Chuck naar de rij van de skischool glijden, die voorrang kreeg boven de anderen. 'Kom mee!' riep hij. 'Ik heb een skileraarpasje!'

Geen van hen wilde weten hoe Chuck een skileraarpasje had losgekregen. En als ze niet in de rij hoefden te staan, wilden ze best met hem skiën.

Precies het resultaat waar hij op had gehoopt.

De meeste liften in Sun Valley namen steeds vier mensen tegelijk op hoge snelheid mee de berg op. Serena en Georgie stonden vooraan, en hoewel Blair het als een belediging ervoer om samen met Georgie omhoog te gaan, kon ze moeilijk 'Stop!' roepen toen Erik naast hen ging staan.

Zwoesj! De stoeltjeslift wipte onder hun billen en tilde hen met ski's en al de lucht in.

'Iiiee!' gilden Serena en Georgie in koor.

'Woeha.' Blair klampte zich aan Eriks arm vast. Zelfs na al

die jaren skiën werd ze nog steeds zenuwachtig van skiliften.

Nate en Chuck kwamen vlak achter hen aan. Hun snowboards sloegen tegen elkaar toen ze zich in de stoeltjes lieten zakken.

'Heb je wiet?' Chuck ritste de borstzak van zijn glimmende paarse skipak met de rare vossenbonten kraag open en haalde er een zilveren flacon uit. Hij hield hem Nate voor. 'Cognac?'

'Ik rook niet meer,' antwoordde Nate stuurs. Hij tuurde naar Chucks schoenen. Het waren dezelfde als die van hem, maar Chucks snowboard was knalroze, met de woorden *Chiquita Banana* erop. Het duidelijk een board voor meiden en Nate vermoedde dat Chuck ook een vrouwenskipak aanhad. Dat was niet *gay* meer, dat was gewoon gestoord.

Voor hen kringelde boven Georgies bontmuts een sliertje rook op. Nate kon alleen maar hopen dat de anderen zo verstandig waren om haar niets al te onwettigs te laten doen.

Chuck haalde een Marlboro achter zijn oor vandaan en stak hem op. Op zijn kaken lag een waas van zwarte stoppels; zo te zien was hij een experimentele vorm van gezichtshaar aan het kweken. 'Ik hoorde dat Blair en je nieuwe vriendinnetje elkaar in Greenwich in de haren vlogen om jou.'

Nate wapperde Chucks sigarettenrook weg. Hij kickte eigenlijk wel op de puntige toppen van de mooie donkergroene dennenbomen die onder hen op de witte deken van sneeuw stonden. De rook verpestte dat.

'Ik heb óók gehoord dat Georgie en Serena samen op kostschool zaten en er tegelijk af geschopt zijn. Ze werden betrapt toen ze het met elkaar deden. Zo.' Chuck greep zichzelf in zijn kruis en draaide met zijn heupen, met zijn tong op een weerzinwekkende manier uit zijn mond.

'Dat lijkt me sterk,' zei Nate, hoewel hij eigenlijk geen idee had. Hij had nooit gehoord waarom Serena precies van

Hanover Academy was gestuurd en van Georgie wist hij zo goed als niets. Serena en Georgie hadden toen hij ze aan elkaar voorstelde geen blijk van herkenning gegeven, maar ja, meisjes deden wel vaker alsof hun neus bloedde, tot ze de kans kregen elkaar te spreken en uit te vogelen hoe het zat.

Voor hen staken Georgie en Serena hun tweede kruidnagelsigaret op. 'Deze rook ik alleen in de lift,' bekende Georgie met een air alsof ze op elke hoogte een ander soort sigaret rookte. 'Hierboven smaken ze lekkerder.'

'Mmm.' Serena inhaleerde diep. Ze draaide zich naar Nate en Chuck om. Nate keek recht voor zich, terwijl Chuck aan één stuk door zat te roken en te kletsen. 'Wat een enig stel,' grapte ze.

Georgie giechelde. 'Zie je, zelfs Chuck vindt Nate leuk.'

Blair zei niets, maar in stilte hoopte ze dat Georgies bontmuts vlam zou vatten en dat ze in een baal brandend bont ter aarde zou storten.

Serena stak haar middelvinger naar Nate op. Toen wierp ze hem grijnzend een kushandje toe. Georgie draaide zich om en deed hetzelfde, maar dan in omgekeerde volgorde.

'Je weet dat je van ons houdt!' schreeuwden de twee meiden.

Terwijl de stoeltjes op de steile schans af gleden waar ze af moesten stappen stak Blair haar arm door die van Erik. Afstappen was nog erger dan opstappen.

'Hou je ski's omhoog gericht en hou je aan mij vast,' instrueerde Erik vriendelijk.

Ze deed wat haar gezegd werd en hield hem stevig vast terwijl ze zij aan zij de schans af gleden. Aan het eind maakte Erik een bochtje en kwam schuivend tot stilstand. Blair botste tegen hem aan en kwam hard met haar billen achter op haar ski's terecht.

Oef!

Erik pakte haar beet en trok haar snel weer overeind, waarna hij haar even in zijn sterke, troostende armen hield. 'Geeft niets, niemand heeft het gezien.'

Blair giechelde. God, wat waren zijn ogen blauw. En hij was zo... hándig. Opeens drong het tot haar door: Erik gaat mij deze vakantie ontmaagden! Waarom niet? Ze kenden elkaar al hun hele leven. Het was zo logisch als wat.

Net zo logisch als met een bikini aan gaan skiën?

▶ **gossipgirl.nl**

topics | ◀ vorige | ▶ volgende | stel een vraag | reageer

Disclaimer: alle namen van plaatsen, mensen en gelegenheden zijn veranderd of afgekort om de onschuldigen te beschermen. Mij, vooral.

ha mensen!

OVER DIE RODDEL DIE IEDEREEN DOORKLETST...

Alsof het er maar één is. Maar jullie weten wel over welke ik het heb. Er zijn mensen die zeggen dat een zekere blondine die in oktober van Hanover Academy werd gestuurd het schandaal niet in haar eentje heeft veroorzaakt. Ze had een handlanger: een beruchte donkerharige dame uit Connecticut. Goed, ik heb me er een beetje in verdiept en het lijkt er inderdaad op dat voornoemde dame korte tijd op Hanover ingeschreven heeft gestaan, maar datum en reden van haar vertrek zijn in nevelen gehuld. Ze heeft in vier jaar tijd op zes scholen gezeten en aangezien ze het zo druk heeft met afkicken zal het ook nog wel even duren voor ze haar diploma haalt. En ze zijn in elk geval geen hartsvriendinnen, want in de stad zijn ze nog nooit samen gesignaleerd. Laten we het er voorlopig maar op houden dat deze zaak nader onderzoek vereist. En geloof me, onderzoeken zal ik.

Jullie e-mail

V: Hoi Gossip Girl,

mijn ouders en ik gaan elke voorjaarsvakantie naar Hawaii, want ik heb vier broertjes die dol zijn op surfen – ik weet het, ik leef in een hel. Tenminste, ik lééfde in een hel. Nu valt het wel mee. Gisteravond, toen ik in het zwembad op mijn broertjes zat te passen, begon er een jongen met van die korte dreadlocks, die ook op een of ander gastje zat te passen, met me te praten. Ik weet dat het snel is, maar ik

denk dat ik verliefd ben. We geloven helemaal in dezelfde dingen, zoals vegetarisme en muziek in plaats van oorlog. Het probleem is, ik woon in Californië en ga volgend jaar in Berkeley studeren en hij woont in New York en gaat naar Harvard. Vind jij het verkeerd om je op vakantie te laten ontmaagden door een jongen die je eigenlijk niet kent?
–atfirstsight

A: Beste atfirstsight,
de vraag die jij stelt komt telkens weer terug, dus ik kan maar beter antwoord geven voor het te laat is! Ten eerste, je zei het zelf al: jij en meneer de vegetariër wonen ieder aan een andere kant van het continent. Het lijkt nu misschien wel zo gemakkelijk, maar waarom wacht je niet even om te zien of jullie elkaar echt zó leuk vinden dat jullie voor de grote nacht dat hele eind willen reizen? Dan weet je tenminste zeker dat het echte liefde is, of op zijn minst echte lust! Ten tweede, de vakantie is net begonnen. Meneer de vegetariër zag er bij het zwembad misschien best lekker uit, maar misschien staat er morgenochtend bij het ontbijtbuffet wel een nog veel leukere meneer vegetarisch ontbijtspek op zijn bord te scheppen. En omdat je niet als de Vegetarische Hoer van Waikiki de geschiedenis in wilt gaan, is het misschien verstandiger om de kat nog even uit de boom te kijken en je tot bovennavelse activiteiten te beperken. In één vakantie, of zelfs op één dag, met meerdere jongens zoenen moet kunnen. Veel plezier!
– GG

Gezien

J, die met een verrekijker om haar nek door de Upper East Side scharrelde. We mogen gerust aannemen dat ze geen vogels aan het kijken was. Haar lange blonde vriend ***L***, al weer bij ***Bendel's***, waar hij leren dameshandschoenen maat large kocht – veel te groot voor ***J. D***, snuffelend in boekwinkels. Onze vrienden in ***Sun Valley***, die bisschopswijn drinkend aan de rand van de *halfpipe* naar de trucs van de Zweedse snowboarders zaten te kijken. ***S*** en ***G*** zaten vrolijk te kletsen, ***B*** zat op ***E***'s schoot en ***N*** en ***C*** zaten heel dicht bij elkaar, hand in hand te praten over welke snowboarder het leukst was. Geintje. Maar geef toe, bij skiën gaat het erom wat er búíten de piste gebeurt.

Vergeet niet me alle stouts wat jullie doen te vertellen.

En raad eens? Ik ben al heerlijk bruin!

Je weet dat je van me houdt,

gossip girl

d vermijdt het voor de hand liggende met e

'Dat je daar zomaar je handen in steekt!' riep Jenny met een vies gezicht uit, terwijl Leo met zijn blote handen rauwe eieren, boter, suiker, bloem en cacaopoeder door elkaar mengde. Het was zijn idee geweest om brownies te maken, maar natuurlijk moesten ze het bij haar thuis doen en niet bij hem. Jenny wist niet of ze zijn huis ooit te zien zou krijgen.

'Dit heb ik van mijn moeder geleerd. Zonder mixer is het de enige manier om het echt goed door elkaar te krijgen.' Leo had de mouwen van zijn roodwit geblokte overhemd tot aan de ellebogen opgerold en beet geconcentreerd op zijn onderlip – wat was hij toch een snoepje – terwijl zijn handen de inhoud van de grote aardewerken kom kneedden.

'O.' Jenny strooide nog een kopje bloem in de kom. 'Houdt je moeder van koken?' Iemand die in dat mooie gebouw aan Park Avenue woonde had vast een fulltime kok.

'Zoiets ja. Eigenlijk vindt ze het alleen leuk om brownies te maken.'

Aha. Zie je wel? Koken was alleen maar een tijdverdrijf, net zoals dure kleren voor de hond kopen of je gezicht laten botoxen.

Leo haalde een vinger door het zoete deeg en stak hem naar Jenny uit. 'Proeven?'

Jenny was zo in beslag genomen door de gedachte aan Leo's moeder die brownies maakte als de kok een avond vrij had dat ze zonder nadenken haar mond opendeed en lang en hard op zijn vinger zoog.

O!

'Oeps. Ik stoor zo te zien,' zei Elise vanuit de deuropening. 'Wat een lief stel zijn jullie toch,' voegde ze er op holle toon aan toe.

De bel beneden was een paar minuten geleden gegaan, maar nadat ze de deur voor Elise had opengedaan, was Jenny zo door Leo's bakkerskwaliteiten gefascineerd geraakt dat ze helemaal niet meer aan haar vriendin had gedacht. Ze pakte de houten spatel waarmee ze het deeg eerst had willen mengen. 'Wil je proeven?'

Elise trok haar neus op. 'Laat maar. Ik wacht wel tot ze klaar zijn. Is Dan thuis?'

Jenny haalde haar schouders op. Ze had hem niet weg zien gaan.

'Volgens mij wel, want ik ruik geloof ik rook.' Elise liep door de gang naar Dans kamer. 'Roep me maar als de brownies gaar zijn!'

Dan lag op zijn bed en probeerde een ander woord voor verlangen te bedenken, dat rijmde op klok. Sok, lok, kok, wok. Hij was nog niet ver gekomen.

'Mag ik binnenkomen?' vroeg Elise aan de andere kant van de deur.

'Ja hoor.' Dan kwam overeind en sloeg het zwarte schriftje waarin hij had zitten schrijven dicht. Elise droeg een zwarte coltrui, waardoor ze er ernstiger en ouder uitzag. 'Wat is er?'

'Niets.' Ze ging op het voeteneinde van het bed zitten. 'Wat ben je aan het schrijven?'

Dan sprong van het bed af en mikte het schrift op zijn bureau. Hij stak een sigaret op en inhaleerde diep terwijl hij de lucifer uit schudde. 'Snel, een woord dat op klok rijmt.'

'Tok,' antwoordde Elise onmiddellijk.

Dan keek haar aan. 'Maar dat is geen echt woord. Het betekent alleen iets als je "tok-tok" zegt.'

'Ja, dat is zo.' Ze stond op en liep naar zijn bureau. Ze stak tien centimeter boven Dan uit. Haar lengte maakte haar ouder dan ze was, net als haar conservatieve manier van kleden, met haar T-shirts netjes in haar broek gestopt en die vestjes die ze altijd zo keurig dichtknoopte. Ze leek er niet tuttig door, meer zelfverzekerd, alsof ze wilde zeggen: Ik ben een vrouw en zo doe je dat.

Ze sloeg een van zijn schriften open. 'Hier schrijf je dus alles in op?'

Dans eerste impuls was om het schrift uit haar handen te grissen, maar Elise was Vanessa niet. Ze zou niet de draak steken met zijn slechte gedichten en de goede niet naar een beroemd tijdschrift sturen. 'Ja. Ik werk niet graag met de computer, want dan wis ik steeds dingen die ik later misschien nog kan gebruiken.'

Elise knikte en bladerde door het schrift.

'Hé, ik heb iets voor je.' Dan maakte zijn zwarte koerierstas open en haalde er een boek met schrijfoefeningen uit, dat hij eerder die dag voor Elise had gekocht. 'Als dank voor de koekjes.'

Elise nam het boek aan en bekeek het aandachtig. 'Wauw, dit is net huiswerk. Alsof ik daar nog niet genoeg van heb.'

'Maar eigenlijk is het iets heel anders,' zei Dan. Hij nam het boek weer van haar over en sloeg een bepaalde oefening op. 'Vermijd het voor de hand liggende. Maak een lijst met alle clichés die je ooit hebt gehoord en zorg dat je die nooit gebruikt als je schrijft.' Hij keek op. 'Zie je? Dit is leuk!'

Elise keek hem aan alsof hij gek was. 'Het is vast leuker dan toekijken terwijl je beste vriendin deeg van de vingers van haar vriendje likt.' Ze pakte een pen en zocht een lege bladzijde in een van Dans schriften. 'Wat is een cliché eigenlijk precies?'

Dan vond het mooi dat ze zich helemaal niet schaamde voor haar gebrek aan kennis. 'Je weet wel, "liefde op het eerste gezicht" of "hard als staal" of een "dove kwartel". Al die dingen die je wel duizend keer hebt gehoord.'

'Hm-mm.' Ze ging op het bed zitten en schreef iets op. Daarna gaf ze het schrift aan Dan. 'Oké, nu jij.'

Hij wilde *wie een kuil graaft voor een ander* schrijven, tot hij zag wat Elise had geschreven: *Waarom kuste je me vandaag op straat?*

Hij maakte zijn sigaret uit en greep de pen stevig vast om het trillen van zijn vingers tegen te gaan. *Vanwege de koekjes,* schreef hij. *En vanwege het brood.* Eigenlijk wist hij niet eens precies waarom hij haar had gekust. Het was in een opwelling gebeurd. Hij gaf het schrift terug en Elise las zonder op te kijken wat hij had geschreven. Ze schreef er iets onder en gaf het schrift weer aan Dan.

Kus je me nog een keer?

Dan liep naar de deur en duwde hem dicht. Hij liet het schrift op het bed vallen en kuste Elise wild op haar mond, waarbij hij haar T-shirt uit haar spijkerbroek rukte.

Elise slaakte een kreetje en deed een stap naar achteren. Dan liet haar los. Opeens leek Elise een stuk minder oud. Haar blauwe ogen stonden wijd opengesperd en haar glimlach leek minder op een glimlach dan op een angstige grimas.

'Het spijt me.'

'Geeft niet,' zei ze, meer tegen zichzelf dan tegen hem. 'Ik vind het niet erg.' Dan zag dat er een rolletje bleek babyvet over de band van haar broek hing. Ze zag hem kijken en stopte snel haar T-shirt in.

Sukkel, schold Dan bij zichzelf. Elise was pas veertien, en hij was bijna achttien. Hij was niet zomaar een viezerik. Hij was een grote klootzak.

Elise stond nog steeds te wachten tot hij haar zou kussen,

en opeens werd hij ook een beetje kwaad op haar, omdat ze blijkbaar dacht dat dit een goed idee was.

Hij keerde haar de rug toe en ging aan de computer zitten. Hij liet de muis bungelen en zei met schorre stem: 'Die brownies zullen nu wel klaar zijn.'

Elise verroerde zich niet, dus begon Dan zijn e-mail te lezen. Hij bleef zo zitten tot hij haar eindelijk naar de deur hoorde lopen.

'Ik dacht dat je mijn vriendje wilde zijn,' zei ze met een van tranen verstikte stem. Even later hoorde Dan de voordeur dichtslaan.

Hij pakte zijn schrift en sloeg een lege bladzijde op. *Vanwege de koekjes en vanwege het brood,* schreef hij, en toen hield hij op.

Hij had eigenlijk weinig inspiratie.

v ziet het licht

'Ik weet dat je met een scriptie bezig bent en we hebben elkaar gisteravond nog gezien, maar heb je zin om te gaan eten?' Vanessa gilde bijna in de telefoon.

'Wat, nu meteen bedoel je?' vroeg Jordy.

'Ja. Nú.' Tantristisch gezang klonk op uit de woonkamer, waar Vanessa's ouders en hun artistieke vrienden bezig waren 'het creatieve vuur aan te wakkeren', wat dat in godsnaam ook mocht betekenen. 'We kunnen bij jou in de buurt afspreken,' bood ze aan. 'Maakt niet uit waar.'

'Wauw,' zei Vanessa toen ze aankwam. Ondanks de naam zag Bubba, een Italiaans restaurant, er heel mooi uit. Ze had roodwit geblokte plastic tafelkleedjes verwacht, en grote schalen friet bij elk gerecht. Maar de tafelkleden waren wit, overal stonden kaarsen en uit de speakers kwam oude jazz. Het was pas halfzes en het restaurant was leeg. Zelfs dat was romantisch, op een heel traditionele manier.

Jordy zat al aan een tafeltje en had een fles rode wijn besteld. De ober nam Vanessa's zwarte wollen jasje aan en schoof haar stoel aan. 'Ik voel me zo volwassen.'

Jordy haalde zijn schouders op, alsof hij dit gewend was. Hij studeerde tenslotte al. 'Mooie lipstick heb je op.'

Vanessa wist niet of hij een grapje maakte. Jordy had altijd een vriendelijke maar arrogante uitdrukking op zijn gezicht, waardoor zijn emoties bijzonder moeilijk te peilen waren. Was zijn neus nu maar een soort barometer, die afhankelijk van zijn stemming kleiner of groter werd.

Niet dat ze echt wilde dat zijn neus nog groter werd.

'Mijn ouders hebben met nog een stel zogenaamde kunstenaars bij ons thuis een of andere heksenbijeenkomst,' vertelde Vanessa, terwijl ze fronsend haar servet uitvouwde en op haar schoot legde. 'Ik wou dat ze oprotten.'

Jordy nam een slokje wijn en tuitte zijn lippen, alsof hij het echt lekker vond. Zijn dure bril lag op tafel. Vanessa zag nu voor het eerst dat zijn ogen licht goudbruin waren, net als die van een leeuw.

Sterk spel, om pas te zien wat voor kleur ogen een jongen heeft nadát je hem hebt gekust!

'Ik vind je ouders fantastisch,' zei hij. 'Ik bedoel, er is veel moed en energie voor nodig om zo... apárt te zijn.'

Vanessa's dikke bruine wenkbrauwen schoten omhoog. 'Zeg dat wel.' Ze schoof haar stoel naar voren en plantte haar ellebogen op tafel. 'Weet je, toen ik klein was krabde ik altijd aan korstjes. Aan elke muggenbult zat ik net zo lang te krabben tot het bloedde. En weet je wat mijn moeder zei? Ze zei dat ik die korstjes moest bewaren, zodat mijn vader er een kunstwerk van kon maken. Heb je ooit zo iets zieks gehoord? Ik bedoel, de meeste moeders zouden zich zorgen maken om littekens, of ze zouden met hun kind naar de psych gaan. Maar mijn ouders denken alleen aan zichzelf en aan hun "werk".'

Jordy haalde zijn schouders op. 'Misschien maakte ze een grapje.'

Vanessa keek fronsend op de menukaart. Antipasti, primi, secondi, dolci. Een grapje? Ze had haar moeder nog nooit in de verste verte grappig horen zijn. 'Echt niet.'

Jordy bekeek haar terwijl zij kritisch de kaart bestudeerde. 'Toch heb ik echt bewondering voor ze. Zoals ze jou en je zus zelfstandig laten wonen, bijvoorbeeld. Dat zouden niet veel ouders doen.'

'Nee, dat doen zij alleen,' beaamde Vanessa stuurs.

'Ik zou het best leuk vinden om naar Vermont te gaan en te zien hoe ze wonen,' voegde Jordy er enthousiast aan toe.

Vanessa keek geschrokken op van haar menukaart. 'Waarom?'

'Ik weet het niet. Ik ken niet veel mensen die zo... je weet wel... anders zijn. Ik ben gewoon nieuwsgierig, denk ik.' Hij nam een slok wijn en deed weer dat ene met zijn lippen. 'Zeg, mijn moeder had het erover dat jij een nogal serieus vriendje had. Is dat nu helemaal uit of zo?'

Zonder een keuze te hebben gemaakt sloeg Vanessa de menukaart dicht. Ze had trouwens toch niet zo'n honger – ze had alleen even het huis uit gewild. 'Ja, dat is uit. We zijn niet eens vrienden meer.' Normaal gesproken had haar stem een scherpe krijg-de-klereklank, maar nu had hij hele even getrild van emotie. 'Niet dat het mij iets kan schelen,' voegde ze er bits aan toe.

De ober kwam en Vanessa bestelde een salade. Ze voelde zich net een van die magere blonde meiden bij haar op school, die alleen maar kale sla en bibberpudding aten.

Jordy brak een stukje van het brood dat in een mandje op tafel lag. 'Heb jij het met hem uitgemaakt, of omgekeerd?' Met lange, fijne vingers dipte hij het brood in een kommetje olijfolie.

Ze had zich eigenlijk nooit afgevraagd wie het met wie had uitgemaakt. Het was zelfs nooit officieel uitgegaan. Nadat ze Dan in die poëzieclub op het podium met die Mystery Craze had zien vozen, had ze hem nooit meer teruggebeld. Als iemand het had uitgemaakt, dan was zij het. Maar betekende dat dat hij het helemaal niet uit had wíllen maken?

Het was bijna te verwarrend om over na te denken.

'Ik... ik denk dat ik het per ongeluk uitgemaakt heb,' stamelde ze. 'Ik bedoel, hij bedroog me.' Het was raar om met een andere jongen over haar relatie met Dan te praten. Het was raar om met iemand anders te praten, punt. Want de enige met wie ze ooit echt had gepraat was Dan zelf. Maar Jordy's hooghartige oprechtheid was wat het was: oprecht. En bij al die oprechtheid viel het niet mee om stoer te blijven doen. Vanessa voelde dat haar onderlip begon te trillen. De tranen stonden opeens in haar grote bruine ogen. O, jezus. Ze vond het afschuwelijk als ze moest huilen, zeker in het openbaar. Wat mankeerde haar toch?

Tut, tut. Dat kan de beste overkomen, hoor.

Jordy zette zijn bril op. 'Het spijt me. We hoeven er niet over te praten als je dat niet wilt.' Zijn bleke wangen bloosden. 'Ik vroeg het trouwens toch alleen maar voor mezelf.' Hij zette zijn bril weer af en legde hem omzichtig op tafel, naast de olijfolie. Toen hief hij zijn hoofd en keek haar met zijn gouden ogen recht aan. 'Ik vind je heel leuk, Vanessa.'

Miles Davis speelde en de kaarsen flakkerden. Opeens kreeg Vanessa het gevoel dat ze een rol speelde in zo'n slecht gemaakte romantische film, waar de meeste meisjes van moesten huilen en die zij niet kon uitstaan. 'Ik vind jou ook leuk,' snikte ze benauwd. Als ze nog met Dan was zou ze hem nu nijdig toebijten dat hij naar de hel kon lopen. Maar Jordy was Dan niet. Als ze tegen hem zei dat hij naar de hel moest lopen, zou hij het waarschijnlijk nog doen ook.

Nou ja, niet letterlijk natuurlijk. Maar we begrijpen wat ze bedoelt.

Ze veegde haar vochtige gezicht af aan het witte linnen servet, dat onder Ruby's lippenstift kwam te zitten. 'Sorry. Mijn ouders werken me geloof ik behoorlijk op mijn zenuwen.' Ze legde haar servet neer en nam een grote slok water. 'Vertel eens iets over Columbia? Wat is je lievelingsvak?'

Alsof ze dat echt wilde weten. Het was nu wel duidelijk dat Jordy alleen in haar geïnteresseerd was omdat haar ouders alternatief waren, en zij was alleen in hem geïnteresseerd omdat hij zo volslagen níét alternatief was. Bovendien hadden haar hersenen het te druk met hun allernieuwste download om naar Jordy's antwoord te luisteren. En de informatie die haar hersenen probeerden te verwerken was dat ze nog steeds verliefd was op Dan.

ze wil alleen maar liefde

Na een hele dag skiën, gevolgd door een uurtje kijken hoe de Zweedse snowboarders tekeergingen op de *halfpipe,* vertrok de groep naar de hut aan de voet van de berg, voor een paar welverdiende kannen bier. In de open haard laaide het vuur, iemand speelde piano en de serveersters droegen spijkervestjes met niets eronder.

Serena ging naast Jan zitten, een van de zeven snowboarders. Ze waren alle zeven even blond en sportief en knap, maar ze had Jan gekozen omdat hij als hij op zijn board stapte op een heel schattige manier zijn duimen uitstak, alsof hij de berg wilde laten weten dat alles oké was.

'Zijn alle meisjes in New York zo mooi als jij en je vriendinnen?' vroeg hij met zijn charmante Zweedse accent.

Serena giechelde. Met een beetje charme had je haar zo plat. 'Jullie hebben echt zoveel geluk – dat jullie dit elke dag mogen doen.'

Jan lachte en nam een slok van zijn amberbier. 'We snowboarden niet altijd. Ik studeer tandheelkunde in Minsk.'

'O.' Serena had zich voorgesteld dat het hele team ergens hoog in de bergen in een hutje woonde, waar ze de hele dag snowboardden en elke avond samen dronken werden. Het had haar wel knus geleken om het enige meisje in de groep te zijn. Ze zou hun haar kunnen knippen en wentelteefjes voor het ontbijt kunnen maken. 's Avonds zouden ze bij het vuur kruipen en elkaar griezelverhalen vertellen. 'En de anderen?' vroeg ze. Misschien had ze gewoon de verkeerde gekozen.

'Konrad is met een Italiaanse getrouwd. Ze wonen in Bologna. Frans en ik zijn studievrienden. Josef, Sven, Ulrik en Göran wonen allemaal in Stockholm.'

Stockholm scheen best een coole stad te zijn. Serena keek naar de vier jongens aan de andere kant van de tafel. Ze waren allemaal even hot, blond en sportief.

'In het homostudentenhuis,' voegde Jan eraan toe.

'O,' antwoordde Serena met een geforceerde glimlach.

Volgende keer beter.

'Verder nog iets?'

'Voor mij nog een cola, alsjeblieft,' zei Nate tegen de mooie serveerster met de Ugg-laarzen, nadat Chuck nog drie kannen bier voor de hele tafel had besteld. Georgie had in haar eentje al een hele kan op. Hij zou haar wel naar huis moeten dragen.

'Niet te geloven dat ik zonder te vallen van de zwarte piste af ben gekomen,' zuchtte Blair voor de vijfenveertigste keer. Ze nam kleine slokjes van haar bier en grijnsde naar Erik. 'Jij geeft veel beter les dan die skileraren.'

In werkelijkheid was ze bijna helemaal zijwaarts naar beneden geschoven, de hele tijd hard gillend, maar haar decolleté was sneeuwvrij gebleven, en dat was het belangrijkste.

'Jij werd gewoon steeds beter en beter,' antwoordde Erik. Ze had haar kasjmier vestje dichtgeknoopt, maar haar spijkerbroek hing laag op haar heupen en door de manier waarop ze zat, rechtop en een beetje over de tafel gebogen, kon hij een stukje van haar bilspleet zien. Het was een mooi gezicht.

'Ik wed om honderd dollar dat ik mijn bier sneller achterover sla dan jij,' zei Georgie uitdagend tegen Serena.

Nu er niemand was om mee te flirten, was Serena blij dat ze iets te doen had. Ze nam haar lange, van het skiën woest geworden haar bij elkaar en maakte er een knot in. Toen pakte ze haar glas. De anderen zaten opgewekt en vol verwachting toe te kijken.

Dat wil zeggen, de mééste anderen.

Nate vermaalde een ijsklontje tussen zijn kiezen. Hij wist al precies hoe dit zou aflopen. Serena en Georgie zouden allebei ladderzat worden, iedereen onderkotsen en de komende paar dagen met een verschrikkelijke kater op bed liggen. Zijn sexy lippen hingen mistroostig over de rand van zijn colaglas. Geen skiën meer. Geen lol meer.

'Laat haar zien hoe je dat doet, Georgie!' hitste Chuck.

'Kom maar op!' Serena zette haar glas aan haar lippen. Toen ze zag dat Nate zijn hoofd schudde, bedacht ze zich. 'Waar ben ik nou mee bezig? Jij bent hier zo ongeveer voor geboren. Jouw hele familie zit vol beroemde alcoholisten.'

'Nou, bedankt!' riep Georgie uit. Ze gaf Serena een por met haar knokige elleboog. 'Hup, drinken!'

Serena zette haar glas op tafel. 'Ik heb er geen zin in. Als ik dit in één keer opdrink, kots ik die hele tafel onder. En je verslaat me toch wel.'

Georgie haalde haar schouders op, legde haar hoofd in haar nek en sloeg in één keer haar pul bier achterover. 'Dikke lul, ik heb gewonnen,' boerde ze toen ze klaar was.

'Heel knap van je,' siste Nate. Iedereen keek naar hem.

'Natie is gewoon een beetje boos omdat we het nog niet gedaan hebben,' kraaide Georgie. 'Ik ben steeds helemaal naar de tyfus!'

Er viel een ongemakkelijke stilte. Wat moest je daar nou op zeggen?

Blair keek op haar horloge. 'Misschien moeten we maar weer eens naar het hotel, dan kunnen we voor het eten nog even in de sauna.' Ze wist niet of de sauna in het hotel gemengd was, maar het idee om met Erik in een hete, dampende ruimte te zitten, met alleen een handdoek om hun middel, was heel erg aantrekkelijk. Hij kon haar rug masseren met lavendelolie en...

'Ja, mijn dijspieren zijn er ook niet best aan toe,' stemde Nate in. Hij wreef over zijn bovenbenen en keek ongelukkig naar Georgie. 'Ik zou wel even in die *hot tub* willen weken.'

Georgie klapte in haar handen, haar ogen schitterden fel. 'Laten we met z'n allen naar mijn huis gaan en in de tub springen!' Ze was de hele tijd zo hyper dat Nate zich afvroeg of ze haar in de kliniek zonder dat hij het wist een of ander antidepressivum hadden gegeven. Hij wist alleen dat het bier haar niet bepaald afremde.

Chuck ritste zijn jas al dicht, klaar om te vertrekken. 'Dan maak ik mijn beroemde perzikcocktail!' Hij trok zijn trui omhoog en knipperde met zijn ogen. 'Chucky's Harige Navel.'

Klinkt verrukkelijk.

Nate was er nog steeds niet achter waarom Chuck in Georgies huis leek te logeren, terwijl hij een prima suite had in het Christiana, het luxehotel in het stadje waar zijn ouders ook verbleven.

De pianist begon een oud liedje van Billy Joel te spelen en het licht werd gedimd. *Happy hour* was voorbij. Serena zag aan Nates gezicht, en merkte aan Georgies opmerking, dat hij en zijn vriendin wat tijd voor elkaar nodig hadden. Ze schoof haar stoel naar achteren en trok haar trui over haar hoofd. 'Het klinkt verleidelijk, maar we moeten echt terug. Ik heb mijn moeder beloofd dat we om halfacht samen in het hotel zouden eten. We moeten nog douchen en zo.'

Georgies gezicht betrok. 'O, kom op. Kun je je ouders niet gewoon bellen en zeggen dat je iets anders te doen hebt?'

Zij had makkelijk praten. Zij had eigenlijk geen ouders.

Serena wierp Erik een blik toe, en ze spraken even woordeloos met elkaar, zoals alleen kinderen uit één gezin dat kunnen. 'Sorry,' zei ze beslist.

Nate begreep niet hoe hij aan zo'n onredelijk meisje als

Georgie was gekomen, terwijl zijn ex-vriendinnetje en zijn beste vriendin de twee redelijkste mensen op aarde leken te zijn.

Georgie stond op en ging op Nates schoot zitten. Haar donkere, zijdeachtige haar viel op zijn schouder. Het rook naar bier en kruidnagel. 'Dan moeten we maar zonder jullie feesten.'

Blair grijnsde spottend. 'Wat jammer nou.' Haar grijns ging over in een innemende glimlach. 'Zullen we dan maar gaan?' vroeg ze aan Erik. 'Ik verga van de honger!'

Chuck ging gemaakt netjes op Georgies knieën zitten en schoof even met zijn billen heen en weer. Vervolgens stonden zes van de zeven snowboarders op en zetten zich allemaal op Chucks schoot, zodat Nate compleet geplet werd. Alleen Jan deed niet mee. Met een zielige hondenblik in zijn mooie ogen keek hij naar Serena, die zich klaarmaakte om te vertrekken.

'Eet smakelijk,' riep Chuck. 'Wij nemen wel even een *manwich*!'

Blair en Erik zochten snel hun handschoenen en zonnebrillen bij elkaar en haastten zich naar de deur. Serena volgde hen met haar muts onder haar arm. Toen hoorde ze Georgie gillen, en ze draaide zich om. De hele meute was van de stoel gevallen en lag nu brullend van het lachen op de grond. Jan was erbovenop gesprongen en zelfs Nate leek er plezier in te hebben.

Serena keek verlangend toe. Als er ergens lol werd gemaakt, was Serena er altijd bij geweest, maar nu zat ze opgescheept met Blair en Erik, die zo in elkaar opgingen dat ze amper merkten dat zij er ook nog was. Maar goed, haar ouders wachtten. Die kon ze moeilijk laten barsten, want dan bracht ze de rest van haar vakantie in gevaar. Ze draaide zich weer om naar de deur. De vakantie duurde nog vijf dagen en ze was vastbesloten het leuk te hebben, op wat voor manier dan ook. Was dat niet altijd haar grote talent geweest?

Ja, onder andere.

denk je dat je iemand kent...

Leo waste het laatste kopje af en zette het op het afdruiprek. 'Ik moet gaan.'

Jenny legde de brownie waaraan ze had zitten knabbelen neer. Ze hadden er twintig gebakken en nu waren er nog maar twaalf over. Ze likte de kruimels van haar vingers en keek met haar grote bruine ogen naar Leo op. Ze was het raden beu. Ze wilde de waarheid weten. 'Waarheen?'

Leo leunde tegen het gebarsten linoleum aanrecht en friemelde aan de knoppen van de vaatwasser. Marx, de dikke zwarte kat van de familie Humphrey, lag languit op de smoezelige keukenvloer te slapen. Leo schraapte zijn keel en Marx sloeg geïrriteerd met zijn staart.

'Ik moet wat dingen doen,' antwoordde hij vaag.

'Nou, kan ik dan niet mee?'

Hij schopte met de punt van zijn schoen tegen de grond en ademde via zijn mondhoek diep uit. 'Zo interessant is het allemaal niet.'

Jenny was niet overtuigd. 'Je verzwijgt toch niet toevallig iets voor me, hè?'

Hij lachte. 'Wat dan? Dat ik in het echt Spider Man ben?'

Jenny werd rood. Ze liep naar de koelkast, trok de deur open en liet hem weer dichtvallen. 'Ik weet het niet. Ik vind het gewoon vreemd dat je altijd druk bent met dingen waar je verder nooit over praat.'

Leo stak zijn handen in zijn zakken. In het felle licht in de keuken leek zijn witblonde haar doorzichtig.

'Als je echt mee wilt, mag je mee.'

Jenny probeerde haar gezicht in de plooi te houden. Dit was het grote moment. Nu zou ze achter het geheim van Leo komen – Leo, mysterie en megamultimiljonair. 'Oké.'

Ze namen de bus naar Park Avenue en liepen verder naar het gebouw op de hoek met Seventeenth Street. De brede laan maakte in het donker een verlaten indruk nu iedereen op vakantie was.

'Nog een paar blokken verder,' zei Leo. Jenny's hele lichaam tintelde van spanning.

Toen ze bij het gebouw met de groene luifel kwamen, nam de portier zijn pet voor Leo af. Ze namen de lift naar het penthouse.

'Wauw,' hijgde Jenny toen de liftdeuren opengingen en ze de hal in stapten. De ruimte was ingericht in zwart, wit en goud. Op de vloer van zwart en wit marmer stond een ronde, vergulde tafel met een enorme witte vaas in de vorm van een zwaan, vol zwarte rozen. Links was een soort goudgeverfde balustrade met een trap die naar een ruimte leidde die zo groot was dat het alleen maar de balzaal kon zijn.

'Ik weet het. Het is een beetje gestoord,' beaamde Leo. 'Hier, Daphne!' riep hij.

Onmiddellijk hoorde Jenny het gekras van nagels op de vloer. De reusachtige witte mastiff die ze Leo eerder had zien uitlaten trippelde elegant met haar staart kwispelend de hal in. Ze liep naar Leo toe en begon zijn hand te likken. 'Brave meid.'

Sprakeloos van verbazing keek Jenny toe terwijl Leo de kastdeur openmaakte en Daphnes Burberry-jas en bijpassende halsband te voorschijn haalde. De hond wachtte gedwee tot hij haar alles had omgedaan. Daarna bukte Leo zich om die verschrikkelijke roze laarsjes met klittenband aan haar poten vast te maken. 'Zo. Nu zijn we klaar voor vertrek.'

Jenny snapte nog steeds niet waarom Leo's ouders niet gewoon een van de bedienden opdracht gaven de hond uit te laten, maar ze wilde er niets over zeggen, vooral omdat Leo duidelijk heel veel van Daphne hield.

'We lopen even een stukje met haar door de buurt. Ik moet ook bij de drogist langs om haarlak voor mevrouw te kopen. Misschien kun jij haar dan even vasthouden terwijl ik naar binnen ga?'

'Oké.' Jenny hield haar blik op Daphnes laarsjes gericht. Hij noemde zijn moeder mevrouw?

Voor Zitomer aan Madison Avenue bleven ze staan. Jenny nam de lijn aan en Leo ging de haarlak kopen. Ze zakte door haar knieën, waarop Daphne haar een gelaarsde poot gaf. 'Je mag vast bij hem in bed slapen,' zei ze. 'En je mag vast ook op de bank liggen.'

Leo kwam de winkel uit met een enorme plastic tas vol bussen Redken-haarlak. Hij grinnikte. 'Mevrouw gebruikt heel veel van dit spul.' Hij nam de lijn weer over en ze liepen in een stevig tempo terug naar het gebouw met de groene luifel. 'Ik moet haar nog te eten geven en de planten water geven en zo. Echt helemaal niet spannend. Neem je een taxi naar huis of zullen we even met je meelopen naar de bushalte?'

Jenny wist niet wat ze moest zeggen. Het was bijna alsof hij haar niet in zijn huis wilde hebben. 'Ik neem maar een taxi, denk ik,' antwoordde ze stijfjes.

'Oké. Walter helpt je wel,' zei Leo, met een hoofdknikje in de richting van de portier. Hij gaf Jenny een kus op haar wang. 'Geen brownies meer vandaag, anders word je misselijk. Ik bel je straks nog, oké?'

Jenny glimlachte stuurs en liep naar de stoeprand om een taxi aan te houden. Het duurde even voor Walter er een te pakken had, en zodra hij het portier achter haar had dicht gedaan en zij de chauffeur haar adres had opgegeven, zakte ze op de achterbank snikkend in elkaar.

Op de hoek bij Leo's gebouw moest de taxi voor het stoplicht wachten. Door haar tranen keek ze ongelukkig naar de ingang. Net toen het licht op groen sprong en de chauffeur de hoek om reed, zag ze Leo naar buiten komen.

'Wacht,' riep Jenny tegen de chauffeur. 'Ik heb me bedacht. Ik stap hier uit.' Ze betaalde hem snel, sprong de auto uit en haastte zich door Park Avenue achter Leo aan.

Hij liep rechtdoor tot aan Eighty-first Street. Daar sloeg hij rechtsaf, waarna hij Lexington Avenue overstak. Jenny sprong achter een berg vuilniszakken toen Leo bij een zandstenen huis van twee verdiepingen de twee treden naar de deur van het souterrain af liep. Hij haalde zijn sleutels te voorschijn en maakte een zwart stalen hek open. Toen hij het openduwde zag Jenny twee stalen vuilnisbakken, waartegen een racefiets geleund stond. Leo sloot het hek achter zich en verdween naar binnen.

Een halfuur lang bleef ze op haar hurken achter de vuilniszakken zitten, half verwachtend dat hij met weer een andere hond naar buiten zou komen. Maar hij bleef binnen, en ze dacht dat ze achter de dikke grijze gordijnen het schijnsel van een tv zag. Uiteindelijk gaf ze het op en ging naar huis.

Net als je denkt dat je iemand kent, blijk je diegene juist helemaal niet te kennen.

d gooit nog meer post in de plomp

Op zijn tweede werkdag deed Dan niet eens meer zijn best om het postkantoor te vinden. Hij stond aan het uiteinde van de pier en liet de zes brieven uit Sig Castles uitbak een voor een in de Hudson vallen. Een van de brieven was gericht aan Mystery Craze, per adres Rusty Klein, wat Dan een zelfvoldaan gevoel gaf. Misschien was Mystery al zo'n grote internationale ster dat die brief haar toch nog zou bereiken, aangespoeld op een strand in Sardinië, waar ze aan een stel dronken vissers voorlas uit eigen werk.

Hij tuurde in het bruine, wervelende water en dacht aan alle meisjes met wie hij ooit iets te maken had gehad: Serena en Blair en Mystery en Elise. Het was niet met allemaal even fantastisch gegaan. Vooral dat laatste voorvalletje met Elise was minder. Maar volgend jaar ging hij naar Brown of Massachusetts, of waar ze hem ook maar wilden hebben, en had hij vier ervaringen met vier totaal verschillende meisjes die niemand hem meer kon afnemen. Dat was toch waar het schrijverschap om draaide – ervaringen en hoe je die met woorden betekenis gaf? Zoiets, in elk geval. Hij was schrijver. Hij wist wat hij met zijn leven wilde. Dat was veel meer dan de meeste van zijn leeftijdgenoten konden zeggen. Waarom voelde hij zich dan de hele tijd zo... uit zijn evenwicht? Het was alsof hij de hele tijd naar iets op zoek was, alleen nog maar op zoek was.

Sig Castle had hem gevraagd om als hij klaar was met de post bij een winkel in Chinatown een of andere speciale soort rijstpapier te kopen, dus na zijn vijfde sigaret liep Dan naar

West Fourth Street om de metro te nemen.

Het regende zachtjes en de straatverkopers in Canal Street brachten nagemaakte Burberry-paraplu's en van die plastic weggooi-regencapes aan de man, die alleen wanhopige toeristen in een plotselinge hoosbui droegen. Dan slalomde op zijn gemak door de brede, drukke straat. Het rook er naar natte krant en de vis op de markten van Chinatown. Dat deed hem aan Vanessa denken. Zij was in diepste wezen pervers, een liefhebber van vieze luchtjes en lelijkheid. Daar hield hij nou juist zo van bij haar.

Dat vond hij juist zo léúk, bracht hij zichzelf in herinnering. Hoe kon je houden van een eigenschap van iemand met wie je geen woord meer wisselde?

Hij bleef staan bij een verkoper die een op batterijen werkend speeltje van roze plastic aan het demonstreren was. Het ding stelde een UFO met drie kleine Japanse meisjes erop voor en het draaide en tolde op het ritme van een Japanse popsong, die klonk als de SugarDaddy's (de band van Vanessa's zus) met een heleboel speed achter de kiezen. Het speeltje was precies het soort voorwerp waarmee Vanessa een film zou kunnen beginnen. Ze zou op het speeltje inzoomen en dan overgaan naar een meisje dat in een discotheek in haar eentje stond te dansen. Vanessa schiep betekenis met beelden zoals Dan met woorden.

Hij liep over Broadway naar de Pearl River Mart, een gigantische winkel waar ongeveer alles te koop was, van plastic boeddha's tot rubberlaarzen. Hij vond iets wat op Siegfried Castles favoriete ultradunne, ultrazachte huidvriendelijke rijstpapier leek en liep terug naar de verkoper met de roze UFO in Canal Street.

'Die, graag.'

'Ik heb hier nog een nieuwe.' De man dook onder het tafeltje waarop de roze UFO stond te tollen en haalde er een mintgroene onder vandaan.

'Nee. Die,' hield Dan vol, wijzend op het roze speeltje. Roze was zo'n antiVanessakleur dat ze er de humor wel van moest inzien, en bovendien wist hij zeker dat deze het deed.

'Twee dollar,' zei de man, hoewel er op het stuk karton dat aan de zijkant van de tafel geplakt zat *$ 3!!* stond. 'Een aanbieding.'

Dan gaf de man een deel van het wisselgeld van Sig Castles rijstpapier. Zijn baas was zo'n klootzak dat hij er een zeker plezier aan beleefde om hem te naaien wanneer hij maar kon.

'Een prettige dag nog.' De man overhandigde hem een lichtblauw plastic tasje met het roze speeltje erin. Dan wist bijna zeker dat er een paar straten verderop in Bowery Street een postkantoor zat. Daar kon hij voor hij met de metro weer naar zijn werk ging het pakje voor Vanessa op de post doen.

Gek, maar hij had er nooit aan gedacht de post van *Red Letter* daarheen te brengen!

Sig Castle had duidelijk gemaakt dat het van het grootste belang was dat hij zijn rijstpapier vóór de lunch kreeg, maar het was van nog veel groter belang dat Vanessa haar UFO kreeg, besloot Dan. Dat kon echt niet wachten.

'Stuur maar per expresse,' zei hij tegen de beambte achter de toonbank nadat hij een doos had gevonden om de UFO in te doen. 'Het is belangrijk.'

> **gossipgirl.nl**
> topics | ◂ vorige | ▸ volgende | stel een vraag | reageer

Disclaimer: alle namen van plaatsen, mensen en gelegenheden zijn veranderd of afgekort om de onschuldigen te beschermen. Mij, vooral.

ha mensen!

MENSEN DIE WE OP VAKANTIE ONTMOETEN

Geef toe, thuis zou je nog niet dood met ze gevonden willen worden. Ze dragen lelijke schoenen, foute spijkerbroeken, hun haar heeft hulp nodig en ze zeggen de hele tijd 'wauw', maar je zit elke ochtend met ze te ontbijten en vraagt ze 's avonds mee uit. Voel je niet schuldig als bovenstaand scenario je verdacht bekend in de oren klinkt. Zelfs ik ben wel eens een vakantie lang vriendjes geweest met iemand die ik zodra ik thuiskwam weer dumpte. Het heeft iets met kudde-instinct te maken, al weet ik niet precies wat. Misschien kom ik er volgend jaar bij psychologie achter.

WAT TE DENKEN VAN DIE TWEE?

Mijn bronnen verklaren dat dit beslist niet de eerste ontmoeting is tussen de beruchte erfgename uit Greenwich en ons favoriete parfummeisje. In hun eerste jaar op Hanover waren ze dikke vriendinnen, maar in de zomer voordat ze er allebei werden afgeschopt hadden ze in Frankrijk ruzie om een jongen. Ik weet eigenlijk wel zeker dat er meer is, maar in plaats van er maar wat op los te kletsen wacht ik liever tot de lijken vanzelf uit de kast komen tuimelen – en dat gaat gebeuren, dat staat vast.

Gezien, en hoe...

V, van Manhattan op weg naar Williamsburg en onderweg rommel rapend met haar ouders. Ze keek niet blij. ***D***, die bij een gebouw aan Eleventh Street een vuilniszak met honderden ongeopende flesjes ***San Pellegrino*** buiten zette. ***B***, die in Sun Valley midden in een afdaling haar ski's af deed, alleen omdat ze benieuwd was of een zekere jongen weer helemaal naar boven zou komen om haar te helpen ze weer aan te doen. ***S*** en ***G*** in de badkamer aan de voet van de berg in Sun Valley, met het complete ***Zweedse snowboardteam***. Deden ze zoenspelletjes? ***C*** en ***N*** in de lift naar de *halfpipe* van Sun Valley. Nog meer zoenspelletjes? ***S*** en het Zweedse snowboardteam op de top van de berg, poserend voor een ***Labello***-advertentie.

Ze is niet de enige die het druk heeft op vakantie! Geniet ervan zolang het nog duurt.

Je weet dat je van me houdt,

gossip girl

upper-eastsiders vieren feest in sun valley

'Oké, ik ben er klaar voor,' zei Serena nadat ze een beetje dagcrème op haar gezicht had gesmeerd en een keer of twee een borstel door haar nog vochtige haar had gehaald.

Ze zag er natuurlijk beeldschoon uit – dat ging vanzelf – maar ze had de autochtonen een groot plezier gedaan door op z'n minst een klein beetje lipgloss op te doen.

'Nou, ik niet.' Blair boog zich over de wasbak in de badkamer om haar ogen op te maken. Ze had een witte handdoek om haar hoofd gewikkeld en haar pas gelakte nagels waren nog niet helemaal droog. 'Moet je je haar niet even föhnen?'

'Nee.' Serena keek op haar horloge. Erik zou in de lobby op hen wachten en sinds hun aankomst had ze nog amper de gelegenheid gehad om hem alleen te spreken. 'Dan zie ik je beneden wel, oké?'

'Best,' antwoordde Blair afwezig. Ze snapte niet waarom Serena zo'n haast had. Dit was hun eerste feestje in Sun Valley en zij wilde er in elk geval goed uitzien. Erik was zo attent en zo vreselijk lief geweest dat dit misschien wel de avond werd waarop ze 'Ja, o ja!' zei. 'Waarom heb je eigenlijk zo'n haast?'

Serena blies haar adem uit. 'Waarom zou ik moeite doen? Ik ben toch niet van plan de hele avond met iemands broer te gaan flirten!'

Blair draaide het borsteltje op haar mascara en wierp haar vriendin via de spiegel een boze blik toe. 'Je bent dus kwaad op me vanwege Erik?' Ze zocht in haar make-uptasje naar haar poederdoos.

Serena schopte met haar donzige schaapsleren laars tegen de deurpost. 'Ik ben niet kwaad, alleen...'

Jaloers?

Met een diepe zucht draaide ze zich om. Ze rukte haar blauwe parka van de haak naast de deur. 'Ik zie je beneden,' mompelde ze terwijl ze de kamer uit vluchtte.

'Maak je geen zorgen,' riep Blair haar na. 'Als we terug zijn ga ik weer thuis wonen!'

'Heb je het niet koud?' Nate trok zijn afgedragen marineblauwe Brown-sweater uit en bood hem aan Georgie aan. Soms sliep hij erin omdat hij dacht dat het geluk bracht. Alsof de toelatingscommissie van Brown zijn arrestatie wegens drugsbezit door de vingers zou zien, alleen omdat hij het prettig vond om in hun sweater te slapen.

Georgie liep rond in haar oranje La Perla-ondergoed, terwijl Chuck Bass, Josef, Sven, Ulrik en Göran op de Xbox mahjong speelden. Misschien zijn ze echt allemaal homo, dacht Nate hoopvol. Maar toch, hij vond het niks als Georgie in alleen een broekje en een beha rondliep. Zo was ze te... te... náákt, en haar naaktheid hoorde exclusief voor haar zelf en hém te zijn. Ze was tenslotte zijn vriendin. Nou... dat was toch zo?

'Waarom gaan we niet naar boven?' fluisterde hij suggestief in haar oor. Hij had zich voorgesteld dat Georgie en hij het grootste deel van de tijd in Sun Valley in bed zouden doorbrengen, om heel veel te seksen. Maar hij had in haar bijzijn nog niet eens zijn broek uitgetrokken. Niet één keer. En het was niet dat Georgie onder al haar vertoon en naaktheid in haar hart eigenlijk heel preuts was. Ze was gewoon te druk met maf doen en pillen slikken om twee tellen stil te liggen zodat hij haar kon kussen.

'Wat is er dan boven?' vroeg Georgie terwijl ze een sigaret opstak. Haar lange zijdeachtige bruine haar hing over een van haar bleke schouders en ze had haar lange bleke benen – twee keer! – over elkaar geslagen.

Alleen extreem magere meisjes kunnen dat.

Nate haalde zijn schouders op. 'Ik wilde alleen maar een beetje... je weet wel... hangen.'

Elk normaal meisje zou in zijn smaragdgroene ogen hebben gekeken en helemaal week en kriebelig zijn geworden van zo'n voorstel. Maar Georgie was zo van de wereld dat ze niet eens zag hoe leuk en onweerstaanbaar hij was.

Met andere woorden, ze was gek.

Ze trok wantrouwig een wenkbrauw op. 'Je hebt toch niet zonder iets te zeggen wiet mee gesmokkeld, hè?' vroeg ze hoopvol.

'Nah.' Hij streek haar haar glad over haar benige schouder. 'Maar we kunnen wel een beetje privacy gebruiken, dacht ik,' zei hij, en zijn wangen kleurden roze bij de dubbelzinnige ondertoon in zijn stem. De lieve schat.

Georgie zwaaide haar benen over de armleuning van de houten stoel waarop ze zat. Hij was door Shoshone-indianen van een berkenboom gemaakt en oranje geschilderd. Spuuglelijk, maar waarschijnlijk wel een fortuin waard.

Buiten werd getoeterd. Georgie zette haar voeten op de grond en griste Nates sweater uit zijn handen. 'Laat ik maar eens iets aantrekken,' mompelde ze. Onderweg naar de deur sjorde ze het ding over haar hoofd. Haar witte billen piepten onder de marineblauwe trui uit, waardoor ze er op een of andere manier nog naakter uitzag dan eerst.

'Jezus, wat ben ik blij dat je er bent,' zei ze tegen de verblufte bezorger. Ze haalde een fles Stoli uit het krat op zijn karretje en trok hem open. Daarna pakte ze de afstandsbediening van de cd-speler en zette hem aan. Een oud nummer van Blondie begon te spelen: *The tide is high*. 'Zet de koelers maar buiten bij de *hot tub*.' Met de fles *Stoli* wees Georgie naar Nate. 'Hij laat je wel even zien waar het is.'

In de lobby van de Sun Valley Lodge zat Erik met een stel jongens van de skipatrouille over de grote reddingsactie van die dag te praten. Een of andere gast had zijn vriendin laten zien hoe je achteruit moest skiën en was zo tegen een boom aan geskied. Hij had een tak recht in zijn kont gekregen.

'Echt debiel, man,' hoorde Serena een van de jongens zeggen.

'Wat is debiel?' vroeg ze terwijl ze op Eriks schoot kroop. Hij sloeg zijn lange armen om haar heen en zij drukte haar wang tegen zijn borst, hongerend naar aandacht. 'Mmm. Wat ruik je lekker schoon.'

De jongens van de patrouille dronken hun bier en keken jaloers toe. Hadden zij ook maar zo'n blond fotomodel van een zus om mee te knuffelen

'Hé, waar is je vriendin? Die met dat lekkere... kapsel?' vroeg een van hen.

Serena ging rechtop op Eriks knie zitten, haar zachtblauwe Uggs raakten net het tapijt. Ze trok aan de pijpen van haar Habitual-spijkerbroek. Meestal hadden mensen het te druk met háár om naar Blair te informeren. Maar Blair stak wel veel meer tijd in haar uiterlijk dan zij, dus misschien verdiende Blair die aandacht gewoon.

'Die is zich boven aan het opmaken.' Ze gaf Erik een elleboogje in zijn buik. 'Wil je even bij haar gaan kijken?'

Erik vond het eigenlijk wel leuk dat die patrouillejongens Blair hadden opgemerkt, aangezien Blair en hij het overduidelijk binnenkort met elkaar zouden gaan doen. Hij gaf Serena een elleboogje terug.

'Au!'

Broer en zus wisselden een boze blik. 'Ik zei toch niets ergs,' zei Serena knorrig. Eriks boze blik maakte plaats voor een geamuseerde grijns. 'Wat?'

'Volgens mij heb je bezoek,' fluisterde hij.

Serena keek op. Jan, blonde tandarts in de dop en lid van het Zweeds olympisch snowboardteam, stond haar gevoelvol aan te kijken. 'Ik hoopte je naar het feest te mogen begeleiden.'

De mannen van de skipatrouille deden een stap achteruit om plaats voor hem te maken. Serena liet zich van Eriks schoot glijden. Dit was niet precies het soort aandacht waarop ze had gehoopt. 'Eh, we zitten op Blair te wachten.'

Erik gaf haar van achteren een duwtje. 'Waarom gaan jullie niet vast vooruit?' Hij gebaarde naar de skipatrouille. 'Ik heb deze gasten meegevraagd naar het feest. Blair en ik rijden wel met hen mee.'

Op dat moment schoven de deuren van de lift met een luide *ping* open.

Dames en heren... de Koningin van de Berg!

Blair had een goudkleurige clip in haar haar en droeg de jaden oorbellen die Les Best aan Serena had gegeven nadat ze in zijn modeshow had gelopen. Ook droeg ze Serena's lichtblauwe kasjmier trui, wat prima was omdat Serena toch van plan was geweest hem aan haar te geven. Hij zat een beetje strak om de borsten, wat ook prima was. Blair vond het prettig zo.

De skipatrouille van Sun Valley dacht er net zo over. Ze stootten elkaar aan en schuifelden met hun voeten en begonnen druk te mompelen, als beesten op een boerenerf.

'Hé, wat zie je er goed uit,' zei Erik. Het beviel hem wel dat de andere jongens zo naar haar stonden te loeren. Hij stak bezitterig zijn hand uit. 'Ben je er klaar voor?'

Blair was blij dat ze de tijd had genomen om zich klaar te

maken. Ze had zelfs het doodgewone witte katoenen ondergoed aan waar Serena altijd zo de spot mee dreef; ze noemde het haar 'omaspul'. De waarheid was dat Blair zich in haar oma-ondergoed altijd veel meer op haar gemak voelde dan in al die wriemelige kanten slipjes en strings die ze had. En ze stonden ook beter. Als ze zich voorstelde dat ze werd uitgekleed, had ze dát ondergoed aan.

En vanavond zou iemand haar uitkleden, dat stond vast.

stilleven met tandenborstels

Jenny was zo in de war door wat er eerder die avond met Leo was gebeurd dat ze tot laat opbleef om een stilleven te schilderen en haar gedachten op een rijtje te zetten. Zoals gewoonlijk lag er behalve een duizend jaar oude beschimmelde sinaasappel geen groente of fruit in de koelkast, daarom schilderde ze tandenborstels en een stuk Dove-zeep.

Het was heel goed mogelijk dat Leo géén hond had en niet in dat verbluffende appartement aan Park Avenue woonde.

Misschien is hij gewoon een doodnormaal mens, dacht ze bij zichzelf terwijl ze voorzichtig de blauwe haartjes van Dans tandenborstel aanbracht. Net als ik. In werkelijkheid wist ze nog steeds niet wat hij was. Waarom was hij daar niet gewoon duidelijk over en speelde hij de hele tijd een spelletje?

Ze keek kwaad naar haar doek. 'Dit is dom,' mopperde ze, en ze gooide het in de prullenbak onder haar bureau. Alles was dom. Opeens voelde ze zich zo... dom.

En domme mensen hebben gezelschap nodig.

'O, dus nu heb je wel tijd om met me te praten?' vroeg Elise toen ze de telefoon opnam.

'Het spijt me,' zei Jenny toegeeflijk. 'Ik heb stom gedaan.'

'Geeft niet.' Elises stem werd al weer zachter. 'Trouwens, ik snap niet waarom je je er zo druk over maakt. Ik bedoel, als hij echt zo rijk was en zijn moeder was een gek mens dat haar hond kleren aantrok, dan zou hij vast niet zo'n goed vriendje zijn, of wel soms?'

Jenny dacht hierover na. 'Hoe weet jij dat?' vroeg ze argwanend. 'Hoeveel vriendjes heb je gehad?'

Elise gaf niet meteen antwoord. Jenny had een gevoelige snaar geraakt. 'Ik dacht eigenlijk dat je broer mijn eerste vriendje zou worden, maar blijkbaar heb ik me vergist.'

Jenny snoof. 'Alsof dat ooit zou werken. Je rookt niet en je houdt niet van koffie.' Ze wist zeker dat Elise glimlachte aan de andere kant van de lijn, en het voelde goed dat ze haar vriendin aan het lachen had gekregen.

'Maar goed, ik vind dat je moet ophouden met je druk maken over wat Leo allemaal niet is en gewoon moet kijken of je hem aardig vindt zoals hij wél is.'

Jenny bukte zich en haalde het doorgelopen, natte stilleven uit de prullenbak. Als ze het tandenborstelschilderij niet als een stilleven beschouwde, maar als een schilderij van tandenborstels, zou het misschien beter werken. Ze kon er zelfs iets minder stils aan toevoegen, zoals de kat Marx. Ze ging op haar buik liggen en tilde een hoekje van haar roze sprei op om te kijken of hij onder haar bed lag.

'En...' zei Elise. 'Ga je hem nou nog bellen of niet?'

Marx was er niet. Jenny stond op en liep naar haar computer. 'Nee. Hij vindt e-mail prettiger.' Ze ging zitten, terwijl een idee vorm kreeg in haar hoofd.

Ze zou zichzelf bij Leo thuis uitnodigen – ze dacht tenminste dat het souterrain in East Eighty-first Street zijn huis was. Deze e-mail was haar waarschuwingssignaal. Ze zou voor eens en altijd te weten komen wie en wat hij was, of hij het nu leuk vond of niet.

Met de telefoon nog tegen haar oor gedrukt ging ze online. Ze begon te typen.

'Denk je echt dat het tussen Dan en mij nooit iets kan worden?' wilde Elise weten. 'Hij was een gedicht over me aan het schrijven, geloof ik.'

Jenny had haar kunnen vertellen dat Dan nog steeds verliefd was op Vanessa en dat al zijn gedichten eigenlijk over Vanessa en hem gingen, ook al deed hij alsof hij over iemand anders schreef. Bovendien durfde ze te wedden dat Elise zijn gelul van 'Ik ben een gekwelde, ongelukkige kunstenaar' binnen tien minuten zat zou zijn.

'Absoluut,' antwoordde ze afwezig. 'Sorry, ik maak dit eerst even af.'

'Is goed. Ik denk dat ik je broer maar eens ga e-mailen dat hij een eikel is.'

'Goed idee,' vond Jenny.

Even later zaten de meisjes allebei op hun toetsenbord te tikken, terwijl ze verhit in hun telefoons ademden.

Als je een lastige boodschap moet overbrengen, kun je altijd wel een beetje steun gebruiken.

jongens e-mailen is veel gemakkelijker dan met ze praten

Lieve Leo,
ik weet dat het gek klinkt, maar ik heb echt het gevoel dat je iets voor me verbergt en ik weet niet waarom. Ik mag je echt heel graag en ik denk dat jij mij ook mag. Waarom heb je me dan nog nooit bij je thuis gevraagd? Alleen, ik weet nu wel waar je woont. Ik kom dus morgen om zes uur naar je toe. Zo laat ben je geloof ik meestal klaar met Daphne uitlaten. Oké. Tot dan.
Jenny

Beste Daniel,
ten eerste vind ik je een echte eikel omdat je zo'n rotspelletje met me gespeeld hebt, want je wist dat ik jonger en minder ervaren ben dan jij, en je moet uitkijken wier hart je breekt, want voor je het weet donder je in je eigen kuil. Verder is het nogal duidelijk dat je nog steeds gek bent op het eerste en enige meisje dat stom genoeg is om je vriendin te willen zijn. Dat hoefde je zusje

me niet eens te vertellen; je bent zo doorzichtig, het is net alsof je op overtrekpapier schrijft. Ha, ik kan ook best poëtisch zijn! Schrijf dat maar in je stomme zwarte boekje, klootzak!
Je niet-vriendin en beste criticus,
Elise

b verliest het doel niet uit het oog

De deur van Georgies huis stond open. No Doubt schetterde zowel binnen als buiten uit de speakers en het stoepje voor het huis was bezaaid met kleren. Vier jongens met lang haar liepen in hun ondergoed rond en aten paddenstoelengyoza en pronkten met hun skateboardersspieren. Toen Blair en Serena met Erik en Jan en de jongens van de skipatrouille binnenkwamen, draaiden ze zich om en gaapten hen glimlachend aan.

'Waar is Georgie?' vroeg Serena, die erop gebrand was tot het hart van het feest door te dringen voor Jan-de-tandarts haar apart probeerde te nemen.

'In de *hot tub*,' antwoordden de jongens in koor.

Blair bleef in de woonkamer terwijl Serena door de patiodeuren op zoek ging naar hun gastvrouw, met Jan op haar hielen. Erik liep naar de bar om cocktails te mixen. Afgelopen semester had hij een barkeeperscursus gevolgd – het nuttigste dat hij tot nu toe aan de universiteit had gedaan.

Blair zag dat Nate in zijn eentje op een leren bank in een hoek van de kamer een beetje aan zijn tenen zat te pulken. Hij droeg zijn verschoten marineblauwe Brown-sweater en zijn versleten gele sportbroek van St. Jude's. Met zijn golvende goudbruine krullen en schitterende groene ogen zag hij eruit als een verdrietig klein jongetje. Blair wilde naast hem gaan zitten en aan hem vragen waarom hij op het feest van zijn vriendin zo verdrietig aan zijn tenen zat te pulken, maar Erik kwam er al weer aan en gaf haar een glas met een schuimig, oranje-roze drankje.

'Mai tai. Pas op: je proeft het niet zo, maar het is bijna alleen maar alcohol.'

'Dank je.' Blair nam het glas aan. Eigenlijk hield ze meer van wodka-tonic, maar ze zou alles drinken wat Erik voor haar maakte.

'Ik ga buiten in de tub zitten,' zei Erik. 'Ga je mee?'

Blair schudde haar hoofd. 'Nee, dank je.' Ze vond het niet zo'n aanlokkelijk idee om bij Georgie en wie dan ook in de tub te springen. En ze wilde niet dat Erik dacht dat ze zich op een feestje niet in haar eentje kon redden. Bovendien stond er maar zo'n drie meter bij haar vandaan een tafel vol met hapjes. Als Erik buiten was kon ze zich rustig volproppen, zonder zich zorgen te maken over de vraag of hij haar misschien een vies vet varken vond.

Een meisje heeft brandstof nodig, vooral als ze een lange nacht voor de boeg heeft.

Zodra Erik weg was pakte ze een bord loempia's en liet zich op een *loveseat* vallen, naast een jongen met schouderlang bruin haar die een joint zat te roken.

Hij keek glimlachend naar haar op. 'Board jij?'

Blair had geen idee waar hij het over had. 'Nee.' Ze ademde diep in door haar neusgaten. Ze werd nooit *high*, maar ze was opeens een beetje nerveus en alle hasjrokers die ze kende waren altijd zo relaxed. Een paar trekjes van de joint van die gast was misschien precies wat ze nodig had. 'Is dat wiet?'

De jongen glimlachte weer en keek naar de peuk tussen zijn vingers. 'Dat wás het. Sorry, op.' Hij droeg geen shirt of schoenen en hij had zijn skibroek nog aan. Het was een felgroene met verstevigde knieën.

'Hoe ken jij Georgie?' vroeg Blair, nog steeds verwoed kauwend.

'Wie?'

Blair voelde dat Nate vanaf de andere kant van de kamer

naar haar zat te kijken. Misschien dacht hij dat ze met die gast samen zat te roken.

O, wat een ironie.

'Waar zit je op school?' vroeg ze. Hij was rond de twintig en zou dus wel ergens studeren.

'Ik doe niet aan school,' antwoordde hij. 'Van maart tot december board ik en in de winter surf ik aan de North Shore.'

Blair propte een gyoza in haar mond en begon te kauwen. 'Hoe kun je in de zomer nou snowboarden?'

'Chili. Argentinië.'

'En de North Shore is Hawaii, hè?'

Vraag niet hoe ze dit wist. Een meisje met broers wéét die dingen gewoon.

De jongen knikte. 'Surf jij?'

Blair schudde haar hoofd, gefascineerd door het idee. Ze zag zichzelf al met haar nieuwe roze Eres-bikini en een Hawaiiaanse lei van witte orchideeën en rode hibiscusbloemen op een surfplank staan en een gigantische golf het hoofd bieden. Ze zou fantastisch bruin zijn en ongelooflijke gespierde billen hebben – van die billen die er in een string ook echt aantrekkelijk uitzien. En na een lange dag surfen zou Erik haar met kokosolie masseren en de vis die hij die dag had gevangen te eten geven. Misschien hoefde ze helemaal niet naar Yale, of welke universiteit dan ook; ze kon gewoon gaan... surfen.

Nate kwam opeens overeind en liep op haar af. Zijn smaragdgroene ogen schitterden niet, ze smeulden. Hij keek alsof hij veel aan zijn hoofd had.

'Hoi,' zei hij.

'Hoi,' antwoordde ze. 'Waarom zit je niet in de *hot tub*?'

Nate haalde zijn schouders op. 'Te heet?'

Blair sprong op en liet haar papieren bordje in de prullenbak vallen. Ze had geen zin om met Nate te kletsen terwijl Erik met Georgie en Serena buiten was. Het sloeg nergens op. 'Kom mee,' zei ze, en ze ging hem voor naar buiten.

'Zie je,' riep de jointroker hen na.

Eerder die dag had het een paar uur lang gesneeuwd. De verse, droge sneeuw in Georgies achtertuin schitterde in het maanlicht. No Doubt had plaats gemaakt voor Missy Elliot en de jongens van de skipatrouille dansten op het terras met een stel meisjes van de plaatselijke middelbare school.

Serena had het altijd heerlijk gevonden om 's nachts in de kou in een *hot tub* te zitten, vooral als het zachtjes sneeuwde en iedereen naakt was. Deze keer was ze vooral blij dat ze tussen haar broer en Chuck Bass in zat, terwijl Jan de tandarts tegenover haar dromerig naar haar zat te staren.

Georgie had te veel *gyoza* of te veel van iets anders gegeten en deed handstands in de *hot tub*, waarmee ze niets van haar naakte lijf aan de verbeelding van wie dan ook overliet.

'O,' zei Blair, die de situatie nerveus in zich opnam. Ja, ze was van plan geweest vanavond uit de kleren te gaan, maar niet met Nate en Georgie en de skipatrouille en alle Zweedse snowboarders erbij. En ze ging al helemaal niet op haar handen staan.

'Kom je erin?' vroeg Erik vanuit de *hot tub*.

Serena knipperde het water uit haar lange, donkere wimpers. 'Het is heerlijk.'

Blair trok de mouwen van haar geleende trui over haar polsen. 'Nu even niet.'

Georgie stak haar hoofd boven water en veegde haar neus af. In het maanlicht zag haar huid er spookachtig uit. 'Laat haar met rust. Misschien is ze ongesteld.'

Blair werd rood van kwaadheid.

'Is Nate ook ongesteld?' vroeg Chuck treiterig.

Nate haalde een pakje sigaretten uit zijn broekzak, stak er

eentje op en gaf het pakje aan Blair. Toen slenterde hij naar het besneeuwde, in duister gehulde gazon achter het huis, in alleen een sweater, een korte broek en tennisschoenen.

Blair stak een sigaret in haar mond en wenste dat ze zich niet zo rot voelde voor Nate. Het was maf, dit medelijden met Nate. En waarschijnlijk totaal misplaatst.

'Ik ga weer naar binnen,' zei ze nadrukkelijk.

Serena porde Erik in zijn ribben. 'Dat is een hint, denk ik.'

Achter haar hoorde Blair iemand het water uit komen. 'O, wauw!' gilde Georgie, en Blair wist dat ze naar Erik keek.

Sorry, schat. Hij is al bezet.

'Wacht even, Blair.'

In de keuken bleef Blair staan. Ze griste een chocoladekoekje van een schaal, nam er een hap van en draaide zich naar Erik om. Hij had alleen een witte handdoek om zijn middel, net als bij hun eerste ontmoeting in het hotel, op de dag dat ze in Sun Valley waren aangekomen en zij had beseft dat hij de man was die een vrouw van haar mocht maken.

Waarom nog langer gedraald?

Ze pakte een fles gekoelde Veuve Clicquot van het aanrecht, stak die onder haar arm en pakte de schaal met chocoladekoekjes. 'Laten we dit meenemen naar boven.'

net als het rendier van de kerstman

'Ik wil niet naar binnen,' zeurde Georgie toen de schoolmeisjes en de jongens van de skipatrouille achter Konrad, Josef, Göran en Frans aan het huis in liepen om iets te eten te halen. 'Ik wil iets wílds doen.'

Serena's huid tintelde. Ik ook! Ik ook! Ze was het zat om achter een flirtende Erik en Blair aan te sjokken. En ze popelde om aan Jans verliefde blikken te ontsnappen. Het was tijd voor een avontuur.

'Heb je dat gezien? Die gasten van de skipatrouille hebben zo'n rodelding op het dak van hun auto. Daar heb ik altijd al eens een ritje mee willen maken...'

Georgie was de *hot tub* uit voor Serena haar zin had afgemaakt. 'Kom op!' riep ze. Ze stapte in haar *moonboots*; de rest bleef net zo bloot als altijd. 'We gaan kijken!'

Met achterlating van hun kleren volgden Chuck en Serena Georgie naar de oprijlaan voor het huis, die vol stond met auto's. Snel en zachtjes haalden Chuck en Georgie de slee van het dak van de Subaru van de skipatrouille en lieten hem in de sneeuw zakken. Georgie maakte het achterportier van een van de SUV's van de Zweedse snowboarders open en tastte rond.

'Iemand anders ook?' riep ze.

'Ik!' antwoordde Chuck, die bij haar kwam staan.

Serena wist niet wat Georgie daar aanbood, maar op het moment had ze eigenlijk alleen behoefte aan een warme jas. 'Krijgen we het niet koud zo?' waarschuwde ze. Er zat een dikke wollen deken op de slee vastgegespt, maar tenzij ze daar met z'n drieën onder kropen zouden ze van onderkoeling omkomen.

'Wil je niet weer in de kranten komen?' piepte Chuck. Het klonk alsof hij iets aan het snuiven was.

Georgie trok haar hoofd uit de auto en gooide het portier met een klap dicht. Ze wreef over haar neus, haar bruine ogen wijd opengesperd.

'We moeten alleen in beweging blijven.' Ze wees naar Serena. 'Ga op de slee liggen, dan trekken Chuckie en ik je – net als de rendieren van de kerstman!'

Serena, die geen spelbreker wilde zijn en eeuwig dankbaar was dat Jan te schijterig was om mee te doen, maakte de riemen los, sloeg de deken om en ging op de slee liggen. Georgie hurkte naast haar en stopte haar armen onder de deken. Daarna maakte ze de riemen vast. Ze trok ze strak over Serena heen, alsof al haar botten gebroken waren en bij elkaar moesten worden gehouden. Serena zag piepkleine zweetdruppeltjes op Georgies bovenlip en voorhoofd, hoewel het twee graden vroor en ze naakt buiten zat.

'Klaar?' schreeuwde Georgie, met haar *moonboots* enkeldiep in de sneeuw.

Het voelde raar en een beetje griezelig aan om vastgegespt op een slee te liggen. Serena kon de gespen zelf niet losmaken, al zou ze willen. Onder de deken drukte ze haar handpalmen tegen haar dijen tegen het bibberen. 'Klaar.'

Georgie en Chuck trokken de slee giechelend aan het touw de besneeuwde berm van Wood River Drive in, hun blote billen samengeknepen van de inspanning.

'Wacht, waar gaan we heen?' riep Serena hulpeloos. Ze tilde haar hoofd op, maar zag alleen maar twee glanzende naakte lijven die in het maanlicht de stille straat af sjokten. Chuck was nog een beetje bruin van de kerstvakantie op St. Barts, maar Georgie was zo wit als een madelief.

Maar lang niet zo onschuldig.

Serena's nek begon pijn te doen en ze wilde haar hoofd net weer laten zakken toen Chuck en Georgie plotseling baadden in het licht van koplampen. Er kwam een auto aan.

'Help!' gilde Serena. Haar gezicht gloeide van schaamte omdat het er zo zielig uit kwam.

En hoe denk je dat het eruitzag?

'Wauw! Lekker kontje!' riep iemand uit het raampje van de langsscheurende auto.

De slee gleed hobbelend verder, terwijl de achterlichten van de auto in de verte verdwenen. 'Hé, jongens!' gilde Serena, met haar hoofd zo hoog mogelijk opgetild. 'Kunnen jullie even stoppen?'

Haar zogenaamde vrienden draaiden zich niet eens om. Misschien hoorden ze haar niet, of misschien deden ze alleen maar alsof.

'Alsjeblíéft?'

Maar ze stopten nog steeds niet. De straat werd opnieuw door een naderende auto verlicht. Deze minderde vaart. Even later begon een sirene te loeien – rood en blauw licht wervelde en kolkte door de nacht.

'Fuck, politie!' schreeuwde Chuck. 'Rennen!'

'Nee!' schreeuwde Serena terug. De slee bonkte en slipte terwijl de politieauto steeds dichterbij kwam.

'Laat los! Laat los!' hoorde Serena Georgie gillen.

Opeens begon de slee in het wilde weg te zigzaggen, om uiteindelijk slingerend een greppel in te glijden. Hij sloeg één keer over de kop en viel op zijn kant in de ijskoude sneeuwbrij. Bij haar knieën drong water door de wollen deken heen. Het was zo koud dat het heet aanvoelde op haar huid.

'Staan blijven! Blijf onmiddellijk staan!' beval de politie, die de achtervolging inzette. De lichten op het dak van de auto verdwenen zwaaiend in de verte.

Serena lag te rillen in de greppel. De agenten hadden haar niet gezien.

'Help,' jammerde ze. 'Alsjeblieft, help me.'

doet ze het of doet ze het niet

'Nu hebben we precies hetzelfde aan,' zei Blair toen ze met alleen een handdoek om uit de badkamer van Georgies moeder kwam.

Erik legde het skitijdschrift neer, dat hij onder het wachten op het bed had zitten lezen. 'Cool.'

De kamer had een hoog, schuin houten plafond en gigantische driehoekige ramen met uitzicht op Mount Baldy. De koplampen van de *snowcats* die de pistes in orde maakten voor de volgende dag twinkelden in het duister. Heel even vroeg Blair zich af of Nate nog steeds op zijn tennisschoenen door de sneeuw liep – of zou hij zo verstandig zijn geweest om weer naar binnen te gaan? Niet dat het haar iets kon schelen. Ze draaide haar robijnen ringetje rond haar vinger en richtte haar blik weer op het bed. Zo meteen word ik een vrouw, bracht ze zichzelf in herinnering.

Zelfs met koekkruimels op zijn kin en borst en vochtig, aan elkaar geplakt haar van de *hot tub* zag Erik er onweerstaanbaar uit. Ze liep naar het nachtkastje en nam een flinke slok champagne, zo uit de fles.

'Oké. Ik ben er klaar voor.'

Erik nam haar bij de hand en trok haar boven op zich. Hun lippen raakten elkaar in een opwindende mengeling van chocola en champagne. Hij drukte zich tegen haar heup. Hij was er blijkbaar ook klaar voor.

Ze sloot haar ogen en hoorde vaag de muziek van het feestje beneden, een of ander hiphopnummer dat ze niet herkende.

Op de avond dat ze het met Nate had willen doen, had ze speciaal een cd gebrand en haar kamer vol kaarsen gezet. Toen was er niets gebeurd. Deze keer was ze in een onbekend huis, met onbekende muziek op de achtergrond. Maar misschien was het juist beter zo; hoe vrijer het script, hoe meer ruimte voor improvisatie. Niet dat ze iets raars van plan was.

Natuurlijk niet.

'Doe je ogen eens open,' mompelde Erik met zijn neus in haar hals. 'Je hebt zulke mooie ogen.'

Blair deed ze open en giechelde bij zichzelf. Ze kuste Serena's stoere grote broer. Ze deed haar ogen weer dicht, klaar voor nog een rondje mond-op-mond. Het leek gemakkelijker om het gewoon te doen dan om na te denken over wat ze deed en met wie ze het deed. Erik sloeg de kaneelkleurige zijden sprei terug en kroop eronder. Blair volgde zijn voorbeeld en gooide haar handdoek op de grond, zwieriger dan de bedoeling was.

Ta-da!

'Je hebt het toch wel eens eerder gedaan?' vroeg Erik terwijl hij zijn behendige vingers traag over haar ruggengraat naar beneden liet trippelen.

Blair rilde, voor een deel van genot en voor een deel van angst, en kneep haar ogen stijf dicht. 'Ja hoor.'

Ze voelde Erik dik en hard tegen haar been. Misschien hoefden ze het niet helemaal te doen, alleen maar een klein beetje. Op dat moment herinnerde ze zich weer wat Serena en zij altijd tegen de meisjes in hun mentorgroep zeiden. *Doe het niet alleen maar om het gedaan te hebben. Doe het met iemand van wie je houdt en die rekening houdt met jouw gevoelens. En doe het pas als je echt zeker weet dat je eraan toe bent.*

Serena had altijd makkelijk praten gehad. Zij was twee jaar geleden al ontmaagd, door Nate welteverstaan. Het was het onzichtbare, onbespreekbare obstakel dat altijd tussen hen in stond, de adder onder het gras van hun vriendschap.

Als Blair het met de mentorgroep over seks had, sprak ze met zo veel gezag dat ze zelf soms ook bijna geloofde dat ze het wel eens had gehad. En ja, ze was er, toen ze nog met Nate was, een paar keer heel dichtbij gekomen, maar nog nooit zó dichtbij. Ze had hem altijd nog net op tijd tegengehouden, en aangezien Erik en zij allebei naakt waren en héél dicht tegen elkaar aan lagen, zou dat dus ongeveer nú zijn geweest.

'Ben je zenuwachtig of zo?' vroeg Erik. Hij streelde haar haar en keek haar met die vriendelijke, mooie ogen van hem recht aan.

'Nee. Hoezo? Kom ik zenuwachtig over?' antwoordde Blair ietsje te vlug.

'Het is alleen dat je me met je knieën een beetje wegduwt...'

Blair had niet eens gemerkt wat ze met haar knieën deed. Hoewel zij het nu eindelijk wel eens wilde doen, had haar lichaam blijkbaar heel andere opvattingen.

Hoe moest ze zich ooit laten ontmaagden als haar lichaam niet eens wilde meewerken?

haar prins op het witte paard

Nate was op weg terug naar Georgies huis. Zijn benen waren zo gevoelloos van de kou en zijn tennisschoenen zo doorweekt dat hij er na aan toe was om zijn verzet op te geven en in de *hot tub* te springen. Hij had gedacht dat een flinke wandeling zijn hoofd helderder zou maken, maar hij had zo veel om over na te denken – zijn toelating tot Brown, de woorden van de lacrosse-coach, Georgies grillige gedrag, Blair die dwars door hem heen keek – dat hij alleen maar kon bedenken hoe heerlijk het zou zijn om een joint op te steken en al zijn zorgen te vergeten.

'Verdomme,' vloekte hij binnensmonds terwijl hij zich door Wood River Drive haastte.

'Alsjeblieft, help me?' hoorde hij vanuit de greppel links van hem een dun stemmetje jammeren.

Nate draaide zich met een ruk om en zijn ogen sprongen van verbazing bijna uit hun kassen toen hij het lichtblonde haar en het vertrouwde figuurtje in de omgekieperde slee van de skipatrouille herkende. Als hij niet zo nuchter was geweest, had hij gedacht dat hij een of andere allergische reactie op wiet had of zoiets.

'Serena?' Hij bukte zich om de riemen los te maken. 'Jezus, wat is er gebeurd?'

Zodra haar armen vrij waren, vloog Serena Nate om de hals en begon woordeloos te snikken. Ze had het ook niet erg gevonden als Jan haar was komen redden, maar Nate was duizend keer beter.

'Niets aan de hand. Niets aan de hand,' mompelde Nate. Met één hand streelde hij haar haar, met de andere maakte hij de rest van de gespen los. Toen hij ze allemaal los had, trok hij de zware wollen deken terug, zonder te weten wat hij daaronder zou aantreffen.

'Wauw.' Hij pakte haar onder haar oksels en hielp haar overeind, waarna hij de deken weer om haar heen sloeg.

Serena zakte tegen hem aan, te overstuur om zich te schamen of uit te leggen waarom ze naakt in een greppel lag, vastgegespt op een slee van de skipatrouille.

Nate zakte door zijn knieën en tilde haar op als een uit haar krachten gegroeide baby. 'Laten we gaan. Een warm bad en warme kleren en je bent zo weer helemaal de oude.'

Hij begon in de richting van het huis te lopen, zijn armen en benen tintelend van mannelijke energie door deze reddingsactie. Serena legde haar hoofd op zijn schouder en blies haar zoete, warme adem in zijn oor. Misschien was het Nate, haar Natie, die de hele tijd eigenlijk al voor haar bestemd was. Haar prins op het witte paard. De liefde van haar leven.

Eenmaal bij Georgie thuis droeg de altijd efficiënte Nate Serena naar de logeerkamer boven en liet een lekker warm bad vollopen. Terwijl zij zich in het schuim ontspande, liep hij naar de slaapkamer van Georgies moeder, op zoek naar een warme badjas en een paar fijne kasjmier sokken. De deur zat dicht, maar de schoonmakers deden hem na vertrek altijd dicht, dus hij dacht er niet aan om eerst even te kloppen.

Oeps.

Nate stond als aan de grond genageld in de deuropening met zijn ogen te knipperen. Blairs kleren lagen op de grond en haar smalle handje met het robijnen ringetje lag om de nek van een of ander blond persoon. De blonde persoon draaide zijn hoofd richting deur en bleek, godzijdank, geen Zweedse snowboarder te zijn, maar Erik van der Woodsen, Serena's broer. Wat eigenlijk niet veel beter was.

'Sorry,' prevelde Nate. 'Ik kwam alleen even iets uit de kast halen.'

'Eh, kan je misschien later terugkomen? We zijn bezig,' zei Erik zonder een spoor van schaamte.

Nate stond daar maar naar ze te staren, met zijn handen in zijn zakken. Voor hij zich kon omdraaien had hij een of andere verklaring, of op z'n minst een teken van herkenning van de onderste helft van de Erik-Blair-sandwich nodig.

Maar Blair bleef met haar ogen dicht stil liggen. Erik had haar lichaam bijna overgehaald tot de reis die zij meteen al met hem had willen ondernemen, maar bij het horen van Nates stem had ze de vlucht geannuleerd. Eindelijk hoorde ze hoe de deur dichtging en Nate zich gehaast door de gang verwijderde. Ze richtte zich op haar ellebogen op en schoof een beetje bij Erik vandaan, terwijl ze haar borsten met het laken bedekte.

'Eigenlijk zou dit mijn eerste keer zijn,' bekende ze, blozend van schaamte omdat ze had gelogen toen hij het haar vroeg. 'Maar ik geloof dat ik er nog niet aan toe ben.' Ze keek met grote blauwe ogen naar Erik op en hoopte met heel haar hart dat hij niet al te boos zou zijn.

Eriks heerlijke lippen krulden zich tot een flauw glimlachje. 'Welnee, je bent er best aan toe. Ik ben alleen niet de juiste jongen, dat is alles.'

En iedereen weet wie wél de juiste is.

▷ gossipgirl.nl

topics | ◂ vorige | ▸ volgende | stel een vraag | reageer

Disclaimer: alle namen van plaatsen, mensen en gelegenheden zijn veranderd of afgekort om de onschuldigen te beschermen. Mij, vooral.

ha mensen!

Ja, ik weet het, het is eeuwen geleden dat we elkaar hebben gesproken. De voorjaarsvakantie is bijna afgelopen en zo te horen is iedereen heel druk bezig geweest met níét denken aan de ja- of nee-brief die over een week of twee van de universiteit onze kant op gaat komen. Ja, we zijn druk, druk, druk geweest. Maar voor ik toekom aan wie waar wat heeft uitgehaald, wil ik eerst nog even een paar dingen ophelderen, in willekeurige volgorde.

a) De leden van het Zweeds olympisch snowboardteam zijn niet allemáál homo of getrouwd of doodsaai. En ik kan het weten, want ik ben op skivakantie in Banff een tijdje met een van die lui opgetrokken. Hij heette Johansson en hij was lekkerder dan lekker.

b) Als je nog maagd bent tegen de tijd dat je gaat studeren, ben je niet de enige. Ik kan het weten... Nou ja, ik weet het gewoon.

c) Post in de plomp gooien is geen misdaad, tenzij je voor de posterijen werkt.

d) Het is wél een misdaad om niet te reageren op de e-mail van een meisje dat alleen maar wil dat je haar vergeeft en het weer goed maakt met haar. Het is ook een misdaad om cadeautjes aan te nemen zonder dank je wel te zeggen. En het is helemáál een misdaad om naakt over de openbare weg te hollen, vooral als de politie achter je aan zit – zie het nieuws hieronder.

e) En *last but not least,* ook al zeg ik het niet graag: we voelen ons allemaal beter als we geen ruzie met onze ouders maken.

Blij dat dit uit de weg geruimd is. Dan nu, het laatste nieuws...

BERUCHTE ERFGENAME UIT CONNECTICUT EN FAT VAN DE UPPER EAST SIDE GEARRESTEERD WEGENS EXHIBITIONISME

Zij shockeerde ons toen ze haar lievelingspaard verkocht om drugs te kunnen kopen, hij shockeerde ons door met een glimmend hoofd in een Europese reclamecampagne voor aftershave op te treden. Nou, ze zijn weer bezig, hoor. **G** en **C** zijn gisteravond gearresteerd omdat ze *in hun nakie* over de openbare weg liepen. Later werd vastgesteld dat beiden onder invloed waren van allerlei middelen en dat ze een slee van de skipatrouille hadden gestolen, die later door het bevoegd gezag bij het hoofdkwartier van de skipatrouille zou worden terugbezorgd. Beide verdachten zijn vanochtend op borgtocht vrijgelaten en per privé-vliegtuig teruggevlogen naar respectievelijk Greenwich en New York. Het gerucht gaat dat zowel de politie van Wood River als de skipatrouille van Sun Valley gulle 'anonieme' giften heeft ontvangen om over de zaak te zwijgen. **G** is al terug in Breakaway, waarop ze een abonnement voor het leven heeft. **C** heeft huisarrest, wat betekent dat hij geen gebruik mag maken van de suite van zijn ouders in het Tribeca Star Hotel of zijn moeders auto-met-chauffeur. Arme knul. Verder gaat het gerucht dat een adembenemend mooi fotomodel/schoolmeisje uit New York bij het incident betrokken was, maar zij wist aan de politie te ontsnappen. Later die avond werd ze door een mysterieuze, knappe jongeman naar haar hotel teruggebracht. Goed werk, meid!

Gezien

V, die verlangend naar de filmcamera's in de etalage van ***49th Street Photo*** keek, als een kind voor de etalage van een dierenwinkel. Het arme kind kan niet wachten tot haar ouders naar huis gaan. ***B*** en ***E*** en een stel gasten van de ***skipatrouille van Sun Valley*** in een café in ***Ketchum, Idaho***, en geloof het of niet, maar er was geen sprake van enige merkbare seksuele spanning. Ik heb gehoord dat dit wel eens gebeurt met meisjes als ze eenmaal... je weet wel. Dan hoeven ze niet meer zo nodig te flirten. ***J***, sluipend door de Upper East Side, zich verschuilend achter bomen. Wat wil ze nou eigenlijk? ***S*** en haar broer ***E***, samen scheurend over de pistes in ***Sun Valley***.

Jullie e-mail

V:

Beste GG,
er is een jongen die ik al mijn hele leven ken en ik weet eigenlijk wel zeker dat ik al die tijd al verliefd op hem ben, ik had het alleen niet zo door. Hij was eerst met mijn beste vriendin en nu is hij weer met een andere vriendin, al denk ik dat dit niet lang meer zal duren. Ik moet erachter zien te komen of hij hetzelfde voor mij voelt, maar ik weet niet hoe ik dat moet aanpakken.
– lost

A:

Beste lost,
weet je wat ik altijd doe als ik niet weet wat ik moet doen? Ik pak hem. Kus hem gewoon, dan valt alles vanzelf op zijn plaats. Als hij hetzelfde voor jou voelt, merk je dat wel. Zo niet, merk je het ook. Succes, meid.
– GG

V: Beste Gossip Girl,
ik vind je site te gek. Je bent een coole griet. Ik wil weten hoe je heet, want ik denk dat jij het meisje bent dat ik bij het skiën heb leren kennen. Misschien zie ik je nooit meer, want ik woon heel ver van Amerika, maar ik zal altijd vanuit de verte van je houden.
–Jan

A: Beste Jan,
ik heb ook het gevoel dat we elkaar al eens hebben gezien, lang geleden. En ook al ben ik niet het meisje dat je bedoelt, ik geef je toestemming om me vanuit de verte lief te hebben. Maar laten we het daarbij houden, oké?
– GG

Zie jullie volgende week weer op school. Het zal eigenlijk best lekker zijn om weer in ons eigen bed te slapen.

Je weet dat je van me houdt,

gossip girl

het gaat om de gedachte

Toen er beneden werd aangebeld waren Gabriela en Ruby in het keukengedeelte van het kleine flatje van Vanessa en Ruby gistvrije, suikervrije, organische meergranen energierepen aan het maken, terwijl Vanessa en Jordy samen met Arlo de narcissen uit het park om de hoek vastbonden aan het gevonden vissersnet dat hij mee naar huis had gesleept. De narcissen schenen een symbool van hoop te zijn, maar Vanessa wist niet precies waar het vissersnet voor stond. Het stugge net maakte sneetjes in haar handen en het irriteerde haar dat Jordy opeens zo in haar ouders en hun werk geïnteresseerd was. Hij had bij binnenkomst zelfs zijn schoenen uitgetrokken, net als zij altijd deden, en hij had een kralenketting met het vredesteken om, waarschijnlijk gepikt uit een doos met oude spullen van zijn moeder. Kortom, de bel vormde voor Vanessa een welkom excuus om alles uit haar handen te laten vallen en weg te wezen.

'Ik ga wel!' schreeuwde ze. Ze overhandigde de behulpzame Jordy een narcis en rende naar de intercom. 'Hallo?'

'De post, met een pakje, mevrouw.'

Vanessa drukte op de knop om de postbode binnen te laten. Boven aan de trap gaf hij haar een doos. Het pakje was aan haar geadresseerd en in de linkerbovenhoek stonden Dans naam en adres.

Ze deed de deur dicht en ging op de grond zitten, waar ze met haar tanden het pakje openscheurde. Er zat een in krantenpapier gewikkeld ruimteschip van felroze plastic in, met drie plastic meisjes erbovenop. De meisjes hadden alledrie een zwart staartje en een groen jurkje. Ze hield het speeltje op zijn kop en zette het aan, waarna ze het op de grond zette. Er kwam een gestoord Japans liedje uit, terwijl de meisjes op het ruimteschip in de rondte draaiden en aan hun voeten kleine plastic lampjes aan en uit, aan en uit gingen. Het was een afschuwelijk kitschding – een superfantastisch afschuwelijk kitschding.

'Wat krijgen we nou?' riep Gabriela, die kwam kijken. 'Wie zou je zo'n ding sturen?'

Die leuke jongen met wie ik nog wel eens zou trouwen?

'Ik vind het mooi,' verklaarde Vanessa. 'Het is zo erg dat het leuk is.'

Jordy kwam met een krans van narcissen om zijn nek de gang in. Hij bekeek het ding fronsend, alsof het ergens goed voor hoorde te zijn. 'Wat is het?'

'Zomaar een ding,' antwoordde Vanessa, terwijl de ideeën voor een nieuwe film zich in haar hoofd ophoopten. 'Hé, kun je even hier komen zitten?' vroeg ze, denkend aan Jordy's neus. Hij zakte gretig door zijn knieën. Vanessa deed één oog dicht en kromde haar handen om haar andere oog, zodat ze als door een camera naar zijn verbijsterende neus keek, met dat maffe roze ruimteschip knipperend en tollend op de achtergrond.

Dat klink nu al naar een Oscar.

'Blijf zitten.' Vanessa holde naar haar kamer om haar camera uit haar kast te vissen. Als ze snel was, zouden haar ouders het niet eens in de gaten hebben.

'Nog heel even,' fluisterde ze, terwijl ze inzoomde op Jordy's neus en de kralenketting en de narcissen zorgvuldig buiten beeld liet. 'Oké, hebbes.' Ze zette de camera uit en liet hem in haar zwarte boekentas bij de deur vallen. Vanuit de woonkamer stond haar vader nieuwsgierig naar haar te kijken, de knipperende lampjes van het speeltje weerkaatsten in zijn ogen. Ze liep weer naar haar kamer om nog wat spullen te halen. Van nu af aan moest ze het ruimteschip en haar camera meenemen waar ze ook ging; ze zou filmen wat ze maar wilde, met het ruimteschip als enige constante voortdurend op de achtergrond.

'Mag ik weer opstaan?' vroeg Jordy toen ze terugkwam. Hij zat nog steeds ongemakkelijk voor het ruimteschip geknield, zijn ogen wazig van het luisteren naar dat krankzinnige liedje.

Vanessa zette het speeltje uit en stopte het met een paar extra batterijen en lenzen in haar tas. 'Ja, je kunt gaan,' antwoordde ze afwezig.

'Hé, waar ga jíj heen?' schreeuwde Ruby vanuit de kitchenette.

Vanessa hoorde aan Ruby's stem dat Ruby heel goed wist wat haar zusje in haar schild voerde. Ze knoopte de veters van haar Doc Martens dicht en trok het zwarte windjack dat ze bij de dumpzaak had gekocht over haar hoofd. 'Weg,' riep ze terug. Ze stampte het huis uit, en de nieuwsgierige blik van haar vader brandde gaatjes in haar rug.

het antwoord staat misschien op de muur van de wc geschreven

Petite mignonette, lieve coquette
ik proef je koekjes, je baguette
je vult mijn trommel

Op de laatste werkdag voor de school weer zou beginnen las en herlas Dan staand voor de wc in de herentoiletten van *Red Letter* de woorden die hij op het stukje papier had geschreven dat een week geleden van zijn bureau was verdwenen. Hij had het andere gedicht waarin hij die laatste regel – *je vult mijn trommel* – had gebruikt teruggevonden en was van plan geweest de regel in dit nieuwe gedicht te herformuleren. Maar het was de aanblik van Elise met een stokbrood onder haar arm geweest die hem tot dit gedicht had geïnspireerd, en zowel zijn belangstelling voor haar als die voor de voltooiing van het gedicht was compleet vervlogen.

Had dat iets te maken met een bepaalde e-mail die hij recentelijk had ontvangen?

De te schrappen regel was niet de belangrijkste reden dat hij zijn ogen niet van de woorden op de muur kon afhouden. De woorden waarnaar hij keek waren niet eens van hem. Wie het ook was, degene die zijn onvoltooide gedicht op de muur had geschreven, had eronder gekalkt: *NB: zie hierboven voor hoe het* niet *moet.*

Goed, wat hij had geschreven was sentimenteel en meisjesachtig en het sloeg nergens op. Hij zou het niet ontkennen. Maar om iemands gedicht zo met opzet te beledigen was rond-uit... gemeen en onvolwassen: dat mocht je alleen zélf doen.

'Klootzakken,' zei Dan binnensmonds toen hij de wc doortrok. Hij haalde een zwarte fijnschrijver uit zijn achterzak en krabbelde naast het gedicht:

Hoe je niet als een klootzak te gedragen:

1. *Jat geen dingen van andermans bureau, vooral als ze je nog niet goed genoeg kennen om de grap ervan in te zien.*
2. *Geloof niet te snel dat een gedicht af is. Geloof liever maar niets te snel, want wie gauw gelooft is gauw bedrogen.*
3. *Hou van jezelf, want niemand anders doet het.*

Hij stak de pen weer in zijn zak, waste zijn handen en schopte de deur open, waarna hij bijna over Siegfried Castle heen denderde.

'Knul,' sprak meneer Castle met zijn onbeholpen Duitse accent, 'iek kraig telefoontjes over betaliengen die nie angekommen sind. Maar du hast sie vorige week selbst op die post getan. Wustie belde net um zu sagen das Mistewie Kwees vastzit in Helsinki omdat Wusty haar kein geld voor die rais kan sturen.'

Dan liep naar zijn bureau en pakte zijn zwarte postbodentas. Hij had veel zin om tegen Sig Castle te zeggen dat Mystery's geld via de Hudson op weg was naar Helsinki, maar hij wilde niet ontslagen worden – hij wilde ontslag nemen.

Meneer Castle was achter hem aan gelopen en stond hem met zijn gemene Duitse oogjes scherp aan te kijken.

'Ga maar een ander slaafje zoeken,' siste Dan. Hij klom op zijn stoel om de woorden te lezen die de rode lijn op de muur vormden. *Red Letter, Red Letter, Red Letter,* was alles wat er stond, de hele tijd maar weer. 'Creatief zeg,' zei hij nog toen hij op de grond sprong. Daarna liep hij de deur uit.

Binnen een halve minuut begon de mobiele telefoon in zijn achterzak doordringend te rinkelen. Dan wist zonder te kijken wie het was.

'Fuck, man. NIEMAND, en ik bedoel NIEMAND, neemt ontslag bij *Red Letter*!' schreeuwde Rusty Klein hem toe. 'Je hoort daar het literaire genie in je OP TE ZUIGEN. Je doet WAT JE GEZEGD WORDT. Je bent godverdomme maar een STAGIAIR, je kúnt helemaal geen ONTSLAG nemen!'

Dan beende met de telefoon aan zijn oor door Seventh Avenue South, vastbesloten het tintelende gevoel van triomf dat door zijn lijf stroomde niet door Rusty te laten verdrijven. 'Sorry, maar ik zou niet weten wat andermans brieven op de post doen of kaviaar kopen of fotokopieën maken met goede gedichten schrijven te maken heeft.'

Rusty zweeg – in elk geval even. 'Spring in een taxi, pop. Zie je over tien minuten in het Plaza. Ik weet denk ik hoe we dit aan moeten pakken.'

Dan stond in Fourteenth Street boven aan de trap van de metro-ingang. Hij herinnerde zich dat Rusty had geprobeerd hem over te halen om een jaartje niet naar school te gaan en zijn memoires te schrijven, wat totaal niet was wat hij wilde. Hij wilde studeren en nieuwe ervaringen opdoen en beter leren schrijven, en daar had hij geen agent voor nodig. 'Hoeft niet, hoor, ik weet denk ik zelf wel hoe ik het aan moet pakken. Eigenlijk weet ik ook wel zelf hoe ik míj aan moet pakken. Voorlopig wel, tenminste.'

Rusty gaf niet onmiddellijk antwoord. Hij hoorde de telefoons overgaan, gestresst opgenomen door Buckley, haar assistent. Dan wachtte tot ze tegen hem zou schreeuwen dat hij niet wist wat goed voor hem was of zoiets, maar in plaats daarvan zei ze alleen maar: 'Weet je het heel zeker?'

'Ja,' zei Dan vastberaden. 'Bedankt.'

'Fuck. Nou, het beste dan maar.'

'Jij ook,' zei Dan gemeend voor hij ophing. Rusty Klein was gek en bazig en intimiderend, maar toch zou hij haar missen.

Hij dook de donutshop achter hem in en bestelde een extra grote koffie en een jamdonut. Onder het wachten draaide hij Vanessa's nummer. Met trillende handen nam hij de enorme hete beker koffie mee naar buiten. Hij zette hem op de grond, stak een sigaret op en wachtte terwijl de telefoon keer op keer overging.

'Hé,' zei hij toen haar voicemail eindelijk reageerde. 'Ik heb je iets gestuurd. Ik vroeg me af of je het hebt gekregen.' Hij nam een diepe trek van zijn sigaret en probeerde te bedenken wat hij verder nog kon zeggen. 'Je spreekt met Dan, trouwens. Hoop dat alles goed met je gaat. Eh... dag,' voegde hij er nog aan toe. Daarna hing hij op.

Tja, het was niet direct 'Het spijt me en laten we de draad weer oppakken', maar het brak wel het ijs.

de waarheid doet soms zeer

Leo stond haar voor het zwarte ijzeren hek op te wachten. 'Hoi,' zei Jenny, blozend bij de gedachte dat ze zichzelf had uitgenodigd.

Leo friemelde aan het slot van het hek. Hij knikte met zijn hoofd naar de fiets die in het gangetje tegen de vuilnisbakken aan stond. 'Mijn vader fietst elke ochtend een paar rondjes door het park. Hij is best fit voor zijn leeftijd.'

Jenny had Leo nog nooit over zijn vader horen praten. Ze had altijd gedacht dat hij vaderloos en eenzaam in het gigantische roze met witte appartement van zijn moeder aan Park Avenue woonde, waar hij tv keek en die verwende hond van haar borstelde met een gouden haarborstel, terwijl zijn moeder de miljoenen die ze aan de scheiding had overgehouden uitgaf aan hondenjasjes en etentjes met jongere mannen.

'Hallo, ik ben er weer,' riep Leo toen hij de deur van de woning openmaakte. 'Geef maar,' zei hij tegen Jenny, en hij hing haar jas over de zijne. 'Kom mee.'

Jenny liep achter hem aan door de donkere, smalle gang. De woning rook naar muffe popcorn en allesreiniger. De witte verf op de muren was gebarsten en de effen bordeauxrode vloerbedekking lag er bobbelig en versleten bij. Het was net haar eigen huis, maar dan erger.

'Mam, pap, dit is Jennifer, het meisje over wie ik jullie heb verteld.'

Jenny's onderkaak zakte bijna op haar nieuwe, rode suède Steve Madden-sneakers toen ze meneer en mevrouw Berensen zag. Ze droegen allebei een grijs joggingpak en zaten in hun piepkleine, duistere woonkamertje met hun voeten op het glazen blad van een rotantafeltje voor de tv popcorn uit de magnetron te eten. Mevrouw Berensen was een tenger vrouwtje met kort wit haar en heldere blauwe ogen tussen kleine lachrimpeltjes. Meneer Berensen was op z'n minst tachtig. Hij had wit haar, lange, knokige armen en benen en een bruin, tanig gezicht. Ze waren allebei zo mager, ze zagen eruit alsof ze alleen op popcorn en water leefden.

'Wat leuk... om jullie nu eens te zien,' stamelde Jenny. Ze deed een stap naar voren om hen een hand te geven.

'O, wat een liefje ben jij,' verklaarde mevrouw Berensen.

'We zaten net naar een oude James-Bond-film te kijken,' zei meneer Berensen. 'Kom zitten en kijk mee, als je wilt.' Kreunend maakte hij plaats op de bordeauxrode velours bank. Jenny begreep niet hoe hij in hemelsnaam op de fiets het park rond reed. Hij zag eruit alsof hij elk moment dood neer kon vallen.

'Nee, bedankt.' Leo nam Jenny bij een elleboog. 'Kom mee, dan laat ik je mijn kamer zien.'

Jenny beet op haar lip en liep achter hem aan naar de aangrenzende kamer. Ze had de pest aan zichzelf omdat ze zo teleurgesteld was. Waarom zat het haar dwars dat Leo geen prins was die in een exclusief appartement aan Park Avenue woonde?

Omdat een jongen meer te bieden moet hebben dan een goed karakter en een leuke afgebroken tand!

Leo's kamer was nog deprimerender dan de rest van het huis. Het was niets meer dan een tegen de muur geschoven eenpersoonsbed met een synthetische geel met groene sprei, die anno 1979 in een goedkoop motel niet had misstaan, saaie witte muren, een bobbelig bruin tapijt en een met krassen bezaaid houten bureau met een gigantische Mac erop. De computer was overduidelijk het modernste en het duurste dat de Berensens in huis hadden.

Jenny ging op een randje van het bed zitten en begon hevig te niezen. Ze was allergisch voor deze hele situatie.

Wie zou dat niet zijn?

Leo ging op zijn rechte houten bureaustoel zitten en schudde aan de muis tot de computer tot leven kwam. 'Dit doe ik meestal als ik niet op school zit of bij jou ben.'

'O?' Jenny vroeg zich af of hij haar soms een of andere maffe chatroom wilde laten zien, waar hij heen ging om te doen alsof hij iemand anders was.

'Kom hier, dan laat ik het je zien.'

Onwillig stond ze op om te kijken. Ze verwachtte een hele berg irritante e-mails te moeten lezen, maar in plaats daarvan zag ze een schilderij, een exacte kopie van Marc Chagalls *Verjaardag*, met een paar kleine zwierige toevoegingen die helemaal van Leo zelf waren.

'Heb jij dat gemaakt?' vroeg Jenny toen ze haar stem had teruggevonden. Het was écht heel goed.

'Ja, maar het is nog niet af. Ik moet nog iets aan dat venster doen. Dat is een beetje te flets.' Hij opende menu's met kleuren en schakeringen. 'Ik kan het met goud omlijnen…' Hij keek even naar Jenny op. 'Wat vind jij?'

Jenny liep terug naar het bed, want verder was er geen plaats om te zitten. Ze wipte een paar keer op en neer in een poging haar hoofd helder te maken. 'Ik dacht echt dat je in dat chique appartement aan Park Avenue woonde. Ik dacht dat Daphne jouw hond was.' Ze hield op met wippen, keek naar het tapijt en slikte.

'Ik wilde ook wel dat je dat dacht, denk ik. Daarom nam ik je mee daarnaartoe.'

Jenny keek op. Onderuitgezakt aan zijn bureau, in zijn afschuwelijke kamer, zag Leo er een stuk minder flitsend en knap uit. 'Maar Elise had gehoord dat je op dat benefietfeest in het Frick-museum was. En je hebt dat mooie leren jasje.' Ze stak haar handen onder haar dijen. 'Ik dacht dat je daar woonde,' herhaalde ze.

Leo schudde zijn hoofd. 'Na school laat ik Daphne uit voor mevrouw T. Ze nodigt me uit voor dingen als dat feest in het Frick en geeft me lidmaatschapskaarten voor musea omdat ze weet dat ik van kunst hou en omdat haar kinderen al volwassen zijn. Het is hartstikke aardig van haar, eigenlijk.'

Jenny knikte. Waarom was het zo moeilijk om te accepteren wat ze allang wist? Leo was een doodgewone jongen die na school honden uitliet. En hij had stokoude ouders en woonde in een stikdonker, deprimerend huis. Goed, hij hield net als zij van kunst, maar er moest meer zijn... van wat dan ook.

Opeens schoot ze van het bed af en dook op de telefoon af. 'Laten we iets geks en romantisch doen! We jatten een fles wijn van je ouders en gaan naar het park en worden dronken onder de sterren!'

Leo was met stomheid geslagen. 'Misschien ben jíj hier het raadsel,' zei hij met een verwarde glimlach. 'Mijn ouders hebben geen wijn en bovendien hebben we morgen school. Ik moet eten koken en huiswerk maken. Je mag best bij ons blijven eten.'

Eten met Leo's uitgemergelde, duizend jaar oude vader en moeder, die niet eens wijn dronken? Dáár was niets geks of romantisch aan!

Jenny wist niet wat er met haar aan de hand was, maar als ze niet snel uit Leo's kleine kamertje wegkwam ontplofte ze.

'Ik denk dat ik maar eens moet gaan,' mompelde ze, terwijl ze bijna naar de deur rende. Haar gezicht gloeide en ze kon zijn ouders echt niet meer gedag zeggen. De voordeur was maar twee meter verderop. Ze greep haar jas en verheugde zich al op de koele wind in haar gezicht en de kalmerende busrit door de stad.

'Wacht!' hoorde ze Leo nog roepen, maar ze was al weg. Elise had gezegd dat ze moest uitzoeken of de echte Leo iemand was van wie ze kon houden. Nu wist ze het antwoord.

En het was niet fraai.

b krijgt haar eerste zusterlijke gevoelens

'Wat heerlijk om je weer thuis te hebben!' riep Blairs moeder blij uit toen Blair met haar Louis Vuitton-tassen de lift uit kwam. Mookie, Aarons hond, kwam kwispelend op haar af en wreef met zijn achterste tegen haar knieën.

'Sodemieter op,' siste Blair zachtjes tegen hem, al was ze eigenlijk best blij om weer thuis te zijn. Ze trok haar jas uit en gooide hem op de antieke canapé in de hoek van de hal. 'Hoi, mam. Waar is Kitty Minky?'

Eleanor waggelde naar haar toe en kuste haar luidruchtig. Toen gaf ze haar de telefoon. 'Je vader, lieverd. We hebben zo heerlijk gekletst.'

Voor zover Blair wist hadden haar ouders elkaar al meer dan een jaar niet gesproken – niet op een beschaafde manier althans. 'Pap?' zei ze nadat ze de telefoon had aangenomen.

'Blair Beer.' De opgewekte, in wijn gedrenkte stem van haar vader snelde vanuit zijn *château* in Frankrijk door de lucht naar haar toe. *'Ça va bien?'*

'Gaat wel,' antwoordde Blair.

'Nog niets van Yale gehoord?'

'Nee.' Blair had haar vader zorgvuldig niet verteld dat haar kansen bij Yale, zijn alma mater, zo goed als verkeken waren. Ze liep door de gang naar haar oude kamer en bleef in de deuropening staan. 'Nog niet.'

'Oké. Nou, aardig zijn voor je moeder, hoor. Ze is echt

helemaal gelukkig, hè?'

'Zal wel.' Blair liep de kamer in en ging op de grond zitten. 'Ik mis je, papa.'

'Ik jou ook, Beer,' zei haar vader voor hij ophing.

'En, wat vind je ervan?' Achter haar kwam haar moeder zwaar ademend de kamer in. Haar buik leek in de tijd dat Blair weg was geweest wel dertig centimeter dikker geworden te zijn, maar haar gezicht was mooi bruin van het reisje naar Hawaii en in haar donkergroen met zwarte positiejurk van Diane von Furstenberg zag ze er best leuk uit. Zelfs die zwarte fluwelen haarband stond niet slecht.

Blair, die in kleermakerszit midden in de kamer zat, deed haar best om naar haar moeder te glimlachen. 'Je ziet er leuk uit.'

'Nee, de kamer, bedoel ik.'

Blair haalde haar schouders op en keek de kamer nog eens rond. De vertrouwde parelmoerwitte muren waren overgeschilderd in het allerlichtste geelgroen, met selderijgroene plinten en een rand van gesjabloneerde madeliefjes. In plaats van haar rozenrode oosterse tapijt lag er een ruw, roomgeel kleed op de vloer. In een hoek stond een met wit kant beklede mandenwieg, waarin een opgevouwen geel dekentje lag, met fijn borduurwerk van witte madeliefjes. Aan de andere kant van de kamer stonden een commode en een klerenkast, allebei lichtgeel geverfd. Rechts van Blair stond een houten schommelstoel met gesjabloneerde madeliefjes op de achterkant. Kitty Minky, haar kat, lag opgekruld op een kussen in de stoel, diep in slaap.

Haar moeder waggelde naar de klerenkast en liet haar hand over de laden glijden. 'We wilden initialen op de meubels, maar we hebben nog geen naam gekozen.' Ze schonk Blair een stralende glimlach. 'Je vader stelde voor jou een naam te laten bedenken. Jij bent altijd zo creatief geweest, lieverd. Ik vind het een fantastisch idee!'

'Ik?' Blair verbleekte. Die baby had niets met haar te maken. Waarom zouden ze haar in godsnaam een naam laten kiezen?

'Maak je niet druk als het geen joodse naam is. Cyrus maakt het niets uit. We moeten gewoon een goede naam hebben.' Haar moeder glimlachte bemoedigend. 'En haast je niet. Denk er rustig even over na.' Ze liep naar de wieg, schudde het gele margrietendekentje uit en vouwde het opnieuw op. 'Cyrus en ik gaan nu naar de 21 Club voor een wijnproeverij. Laat Myrtle even weten wat je wilt eten, dan maakt ze iets voor je klaar.' Ze bukte zich om Blair een kus boven op haar hoofd te geven. 'Gewoon een goede naam,' herhaalde ze voor ze de kamer uit liep.

Blair bleef zitten waar ze zat, peinzend over het kleurenschema en haar nieuwe rol van Grote Zus, Naamgever van Baby's. Haar kamer rook niet eens meer hetzelfde. Hij rook nieuw, nieuw en beloftevol.

'Ik heb geprobeerd Daisy erdoor te krijgen, vanwege al die madeliefjes,' zei Aaron, die alleen met een bruine flanellen Harvard-boxer aan zijn lijf de kamer in drentelde. Zijn babydreadlocks kwamen al weer tot over zijn oren en zijn blote borst was bruin van een weekje Hawaii. Als hij niet zo irritant was, zou hij er goed uitzien.

'Hoe was het in Hawaii?' vroeg Blair, hoewel het haar niets interesseerde.

Aarons donkere ogen werden groot van opwinding. 'Nog leuker dan ik had verwacht. Ik heb een meisje ontmoet dat bijna nog meer in het vegetarisme gelooft dan ik. Haar ouders zijn Haïtiaanse vluchtelingen. Uit Berkeley. Ze heeft me leren surfen. Het was echt *chill*.'

Blair trok haar wenkbrauwen op; ze was niet onder de indruk. 'Maar nu ben je er weer,' merkte ze op.

Hij knikte. 'En, wat vind je van Daisy, als naam voor de baby?'

Ze trok haar neus op. 'Duh, Harvard-genie, dat is hartstikke afgezaagd.' Ze draaide haar robijnen ringetje om haar vinger. 'Hoe heette dat Haïtiaanse meisje trouwens?'

Aaron fronste zijn wenkbrauwen. 'Yael. Ze zei dat een heleboel mensen het uitspreken als "Jee-el" of zoiets, maar zij sprak het net zo uit als de school: Yale.'

'Yale.' Blair liet het ringetje los en haar mondhoeken krulden op. 'Yale.'

Natuurlijk.

s en n scheppen duidelijkheid

Nu Blair niet meer bij haar woonde, was er geen enkele reden om Nate niet uit te nodigen.

'Hoi,' zei hij toen ze hem bij de deur begroette. Hij vond het een beetje vreemd om Serena weer in haar oude omgeving te zien. Maar het was ook best prettig.

'Hoi.' Ze kuste hem op zijn wang en hielp hem uit zijn doorweekte regenjas, die ze netjes in de gangkast hing. Zijn grijze T-shirt zag er versleten en zacht uit; ze popelde om het onder haar handen te voelen.

'Sorry dat het zo uit de hand liep op het feest,' zei ze. Nu ze eraan terugdacht, begreep ze niet waarom ze Nate in Sun Valley niet had gekust, meteen nadat hij haar uit die greppel had gehaald, toen ze toch al naakt was en zo.

Tja, dan moest ze zich nu maar gewoon uitkleden, nietwaar?

'Geeft niet.' Nate leek ergens op te wachten; een verklaring bijvoorbeeld, waarom ze hem had laten komen.

Ze deed een stap naar hem toe, haar blote voeten koud op de hardhouten vloer. Ze droeg alleen een wit katoenen hemdje en een kort spijkerrokje, en ze rilde, voor een deel van de kou, maar vooral van de zenuwen om wat er te gebeuren stond. Nate wreef over haar blote armen.

'Nate?' vroeg Serena, terwijl ze zich tegen hem aan liet vallen. Ze voelde zijn adem in haar gezicht. O, Natie. 'Je weet toch hoe we altijd van die goede vrienden zijn en elkaar precies begrijpen en er altijd zijn voor elkaar, ook al is het allemaal nog zo'n zootje?'

'Hm-mm,' antwoordde Nate schor. Hij wreef nog steeds over haar armen.

'Nou, waarom kunnen we niet gewoon bij elkaar zijn?'

Nate hield op met wrijven. Hij kon zich niet voorstellen hoe hij tegen het mooiste meisje in het hele universum nee zou moeten zeggen, terwijl dat meisje toch al zijn beste vriendin was en zich zo ongeveer aan hem aanbood. Als hij haar nu eens een klein kusje gaf en zei dat het er niet in zat... Hij boog zich voorover en kuste haar, heel voorzichtig, op de mond. Het was een lief, onschuldig kusje.

Maar Serena was niet op zoek naar lief en onschuldig; ze zocht de ware liefde en ze beantwoordde zijn kus gulzig, alsof ze hier heel, heel lang op had gewacht. Ze pakte zijn hand en trok hem haar slaapkamer in.

'Hé,' zei Nate, die in de deuropening bleef staan. 'Woont Blair hier nog steeds?'

'Hé,' reageerde Serena. Ze liet zijn hand los. Hoe kon het ware liefde zijn als Nate verliefd was op een ander? Met een zucht liet ze zich achterover op het bed vallen. Ze glimlachte verdrietig naar het plafond. 'Blair woont weer thuis.'

'O.' Nate liep naar het bed en ging naast haar zitten. Hij raakte haar schouder aan. 'Alles goed?'

Serena grinnikte. Ook al was hij niet de ware, hij was en bleef haar schatje. 'Blair en Erik hebben het niet echt gedaan,' zei ze, want ze wist dat hij dat wilde weten.

'Hoe weet jij dat?' vroeg Nate wantrouwig. Het was hem niet ontgaan dat Serena en Blair ruzie hadden.

Serena draaide zich op haar rug en begroef als een klein meisje haar gezicht tussen haar armen. 'Ik heb het hem gevraagd.' Haar stem klonk gedempt. 'Hij is wel mijn broer, hoor.'

Nate zei niets. Hij was opgelucht, maar dat zou hij haar niet vertellen.

Ze richtte zich op haar ellebogen op. 'Je weet dat ik van je hou, Natie. Maar ik denk dat we allebei wel weten wie jij echt wilt kussen.'

Nate knikte en keerde zijn hoofd naar het beregende raam. Op het dak van het Metropolitan Museum of Art zat een grote vogel. Hij vroeg zich af of het een van die slechtvalken was die altijd in Central Park rondvlogen en de mensen lieten schrikken omdat ze geen duiven waren. Slechtvalken waren mooie, elegante dieren, en op een of andere manier werkte het geruststellend als je er af en toe een zag.

Hij ging naast Serena liggen en sloeg zijn armen om haar heen in een broederlijke omhelzing. 'Ik hou ook van jou,' fluisterde hij in haar oor.

Serena sloot glimlachend haar ogen. Ze kon zich voorstellen dat Nate en zij zo in haar studentenkamer zouden liggen – waar ze dan ook terecht zou komen. Ze zouden nooit een stel zijn, maar af en toe zouden ze bij elkaar komen en elkaar vasthouden en kussen, net zoals nu. Er zou geen kwaad bij zitten en Blair hoefde het niet te weten. En na een tijd zouden ze ermee ophouden, als Serena eindelijk de ware liefde had gevonden.

Als het ooit zover zou komen.

v heeft meer talent dan een hele commune hippies

Toen Vanessa thuiskwam zaten Ruby, Gabriela en Arlo voor de televisie rauwe sojabonen te eten en warme sake te drinken.

'Wat is er aan de hand? Ik dacht dat jullie vandaag zouden vertrekken.' Vanessa zette haar zware tas met filmapparatuur neer en pelde haar jas af. Ze was door een hoosbui overvallen en was tot op haar huid doorweekt.

'Ze gaan binnenkort.' Ruby zette de tv uit en met z'n drieën schonken ze haar de gemaaktste lachjes die Vanessa ooit had gezien. 'Hoe was je dag, lieverd?'

Vanessa maakte de veters van haar Doc Martens los en schopte de schoenen uit. In de hoek van de woonkamer begon Tofu, Ruby's parkiet, in zijn kooi te piepen, alsof hij haar waarschuwde: *Er is iets aan de hand! Er is iets aan de hand!*

Gabriela stond op en streek de kreukels uit haar wild bedrukte paars-roze kimono. Haar grijze vlechten zaten à la Heidi op haar hoofd vastgespeld.

'Waarom zitten jullie hier eigenlijk nog?' vroeg Vanessa. 'Ik dacht dat jullie vandaag naar huis gingen.'

Bij wijze van antwoord snoot haar vader luidruchtig zijn neus. Hij droeg een rode wollen trui die overduidelijk voor een vrouw was gemaakt, want de driekwartmouwen plooiden hoog aan de schouders.

Vanessa liep met half toegeknepen ogen op hem af. Zijn gezicht zat onder de vlekken en zijn ogen waren rood. 'Ben je ziek, papa?' Arlo Abrams schudde zijn hoofd en snoot nog een keer zijn neus. Nieuwe tranen rolden over zijn wangen.

'Stil maar, schat,' fluisterde Gabriela, maar tegen wie was niet helemaal duidelijk.

'Het zijn die films van je,' barstte Ruby eindelijk los. Ze had nooit ergens haar mond over kunnen houden. 'Ik heb ze je films laten zien.'

Pardon?

Vanessa keek haar zuster woedend aan, te kwaad om iets te zeggen. Arlo snoot zijn neus weer, en zijn borst schokte van het snikken. Vanessa was een beetje bang dat hij een hartaanval kreeg of zoiets.

'Pap?'

'We hadden gewoon geen idee dat je zo... artistiek was,' stamelde Gabriela. 'Geen idee.'

Het was niet echt een compliment, maar Vanessa was ook nooit zo op complimenten uit. Haar films waren duister en vreemd; bijna niemand vond ze mooi.

Arlo pakte de afstandsbediening en zette de tv weer aan. Ze hadden naar haar interpretatie van een fragment uit *Oorlog en vrede* zitten kijken, met niemand minder dan Dan in de hoofdrol. De camera volgde een vies papiertje, dat bij zonsondergang door de wind door Madison Square Park werd geblazen, en bleef rusten op Dan, die uitgeteld op een bankje lag. Dans gezicht vulde het tv-scherm, en Vanessa's hart zakte in haar knieën.

'Kunnen we dit nu uitzetten?' smeekte ze. Maar niemand lette op haar.

'Je kunt niet alleen een verhaal vertellen,' hijgde Arlo in vervoering. 'Maar zoáls je het doet, net een schilder.' Hij richtte zijn betraande, bloeddoorlopen ogen op Vanessa. 'Je stelt ons allemaal in de schaduw.'

'Ze weet nu al dat ze naar NYU mag, zo gigantisch goed is

ze,' kwetterde Ruby vol trots.

Vanessa's gezicht gloeide. 'Hou je kop.'

Gabriela sloeg aarzelend een arm om haar schouder. 'We zijn zo trots op je, Aubergine,' fluisterde ze. Ze noemde haar bij de koosnaam die Vanessa sinds ze klein was niet meer had gehoord.

Arlo liep naar hen toe en sloeg zijn armen om moeder en dochter, zijn gezicht nat van tranen. Ruby wreef hem over zijn rug en even later hadden ze elkaar met z'n vieren in een omhelzing die zelfs de meest overtuigde hippies hen niet nadeden. Het was totaal niets voor Vanessa, maar er was toch niemand met een camera in de buurt.

'Jordy komt van de zomer een tijdje bij ons logeren. Vind je dat goed?' mompelde Gabriela, nog steeds met haar armen om Vanessa heen.

Ruby barstte in lachen uit. 'Ik denk niet dat het haar iets uitmaakt wat jullie met Jordy doen.'

'O, ik dacht dat je hem aardig vond,' zei haar moeder.

'Is ook zo,' stamelde Vanessa. Jordy was ook aardig, zo lang als het duurde. 'Het is alleen...'

'Ze vindt die Dan uit de film net ietsje aardiger,' vulde Arlo aan, alsof hij haar gedachten kon lezen. 'Die heeft echt iets.'

Ruby giechelde en Vanessa gaf haar een schop voor haar leren broek.

Ja, Dan had zeker iets, en ze wist ook bijna zeker wat.

Haar.

▷ **gossipgirl.nl**

topics | ◂ vorige | ▸ volgende | stel een vraag | reageer

Disclaimer: alle namen van plaatsen, mensen en gelegenheden zijn veranderd of afgekort om de onschuldigen te beschermen. Mij, vooral.

ha mensen!

Is het niet fijn om weer terug te zijn? Is het niet fijn om terug te zijn en nog stééds niet te weten waar we volgend jaar naar school zullen gaan? Is het niet fijn om terug te zijn terwijl je het gevoel hebt dat je leven aan een zijden draadje hangt en je compleet gek wordt? Oké, hier hebben jullie iets om je op te verheugen:

AAN ALLE JONGENS

Ik weet dat jullie me willen ontmoeten, en dit is je kans. Morgen gaan we voor het eerst weer naar school en het belooft voor de tijd van het jaar een warme en mooie dag te worden. Zodra de school uitgaat, vind je me op het gras van Sheep Meadow, waar ik op een rood dekentje de zon lig op te zuigen. Jullie zijn van harte uitgenodigd bij me te komen liggen, en jullie zijn ook van harte uitgenodigd hapjes en drankjes mee te nemen. Geen pretzels of sportdrankjes, alsjeblieft. Sorry, meiden, maar deze uitnodiging is alleen voor jongens. Jongens kunnen veel minder goed wachten dan wij, en je weet het: geduld is een schone zaak.

Jullie e-mail

V: Beste GG,

weet je die gestoorde griet die ***N*** in de kliniek heeft leren kennen? Nou, ik woon bij haar in de straat en tot zij eraf werd geschopt zaten we ook op dezelfde school. Oké, ik hoorde mijn ouders dus tegen elkaar zeggen dat ze in Sun Valley in de bak heeft gezeten wegens exhibitionisme, en het

achterlijke was dat haar moeder in Zuid-Amerika zat en niet eens wist dat ze daar was, dus de ouders van die **C** moesten haar borgsom betalen, ook al kenden ze haar helemaal niet.
– Conngurl

A: Beste Conngurl,
dat verklaart een hoop, lijkt me. En ik moet zeggen, **C**'s ouders verdienen een medaille voor hun grootmoedigheid. Persoonlijk denk ik dat een paar nachtjes in de lik haar geen kwaad hadden gedaan. Maar wat ik echt graag wil weten is: wat voor kleren gaven ze haar in die cel?
– GG

V: Beste GossipGurl,
oké, ik ben geen perverse stalker of zo, maar ik ben wel achter die jongen waar ik zo verliefd op ben aangelopen naar **S** d'r huis en ik heb in de regen op de trap van het museum zitten wachten tot hij weer naar buiten kwam, wat hij pas deed toen het allang donker was, dus nu ben ik snipverkouden. ik voel me zo dom.
– hatsjoe

A: Beste hatsjoe,
dat is wel een beetje zielig, ja. Maar ik weet over wie je het hebt, en als ik hem op straat was tegengekomen, had ik waarschijnlijk hetzelfde gedaan. Wat heeft **S** dat wij niet hebben? Geef maar geen antwoord – we zijn zo al jaloers genoeg op haar. BTW, ik ben ook verkouden!
– GG

V: Beste GG,
ik heb gehoord dat de brieven van de universiteiten dit jaar pas laat komen omdat ze niet kunnen beslissen of ze de

klassen groter moeten maken of gewoon mensen moeten afwijzen. Ze houden er dit weekend een geheime vergadering over.
– ino

A: Beste ino,
ik praat niet met mensen die domme geruchten verspreiden. We zijn zo wel paranoïde genoeg.
– GG

Gezien

B in de ***Wicker Garden***, waar ze een schattig geel kasjmier konijntje kocht – waarschijnlijk het eerste kasjmier dingetje dat ze niet a) voor zichzelf kocht of b) jatte. ***N***, starend naar ***B***'s huis in Seventy-second Street alsof het alle wijsheid in pacht had. Reken er maar niet op, honnepon. ***J*** en haar slungelige vriendin, die alweer achter die arme knul van Smale School aan zaten. Wat hebben die twee toch? ***D*** in de metro naar Williamsburg. ***D*** die in Williamsburg niet uit de metro stapte. ***V***, die in Central Park vers groeiend gras filmde – ik maak geen geintje; zo serieus neemt ze haar werk nou.

P.S.

Ik zal niet meteen alles verklappen, maar hebben jullie ***C*** de laatste tijd nog gezien? Hij heeft een nieuw vriendje en ik ben supernieuwsgierig waar die vandaan komt. Hij is zo exotisch!

Zie jullie in het park, jongens!

Je weet dat je van me houdt,

gossip girl

waarom s en b nog steeds vriendinnen zijn

'Ik heb thee gehaald.' Serena wees naar de witte kopjes en schoteltjes op het oranje plastic dienblad. Ze snufte en veegde haar neus af aan de mouw van haar lichtgroene Calypsobloes. 'Met honing.'

Blair vond het goed dat Serena tegenover haar aan de lichte houten tafel kwam zitten en nam de thee aan. Ze was verschrikkelijk verkouden. Thee met honing was precies wat ze nodig had. Bovendien zaten Serena en zij in de pauze altijd bij elkaar, vooral als ze mentorgroep hadden, waarvan zij de leiders waren.

Verder wilde Blair haar ook nog iets vragen.

De kantine zat bomvol meisjes die ketchup over hun patat knepen en vakantieroddels uitwisselden.

'Ik hoorde dat Serena en Nate Archibald gearresteerd zijn omdat ze het deden in een stoeltjeslift,' fluisterde Rain Hoffstetter tegen Laura Salmon.

'Ik hoorde dat ze na het eindexamen naar Stockholm verhuist. Ze heeft een of andere gast van het Zweeds olympisch snowboardteam ontmoet. Ze gaan trouwen,' vertelde Kati Farkas.

'En Blairs vader probeert haar nu op Brown te krijgen,' wist Isabel Coates. 'Want Erik van der Woodsen en zij zijn smoorverliefd op elkaar.'

'Er is niets gebeurd tussen Nate en mij, weet je,' verklaarde

Serena toen ze eenmaal zat. Ze nam een slokje thee. Eigenlijk was er wél iets gebeurd tussen hen, maar dat was lang geleden. 'Na Georgies feestje, bedoel ik.'

Blair roerde haar thee. Sinds het feestje in Sun Valley hadden Serena en zij elkaar genegeerd, vooral omdat het gemakkelijker en spannender was om de ander te laten raden wat er was gebeurd dan om de vernederende waarheid op te biechten.

Ze schoof haar thee opzij en plantte haar ellebogen op tafel. Ze keek Serena doordringend aan. 'Hoe was het?'

Serena zette haar kopje neer en snoot haar neus in een papieren servetje. Ook zij was verschrikkelijk verkouden. 'Wat?'

'Seks. Met Nate.'

Serena verfrommelde het servetje en stak het onder het dienblad, zodat ze er niet naar hoefden te kijken. Was dit een strikvraag? Wachtte Blair gewoon tot ze zich versprak, zodat ze met uitgestoken klauwen op haar kon aanvallen en met haar tanden haar hoofd eraf rukken?

'Het was heel...' Ze zweeg in de verwachting dat er een gemene uitdrukking op Blairs gezicht zou verschijnen, maar Blair keek haar alleen maar oprecht geïnteresseerd aan. Ze wil het echt weten, besefte Serena.

'Het was geweldig. We waren allebei best bang, maar omdat het met Nate was, was het leuk.' Ze glimlachte bij de herinnering. 'En later schaamden we ons helemaal niet.'

Blair knikte en sloeg haar ogen neer. Dat was allemaal mooi en aardig, maar zij dan? Hoe moesten Nate en zij het ooit met elkaar doen als ze niet eens...?

Over Serena's schouder zag Blair de meisjes van hun mentorgroep op hun tafel af lopen. Tijd voor een ander onderwerp. 'Laat maar,' mompelde ze terwijl ze haar tas pakte om het materiaal voor de mentorgroep eruit te halen.

'Hé hallo, hoe was jullie vakantie?' vroegen Mary Goldberg,

Vicky Reinerson en Cassie Inwirth in koor aan de oudere meisjes. De opgewekte onderbouwers hadden alledrie dezelfde zwarte trui aan. Ze zetten hun dienblad op tafel en gingen bijna bij elkaar op schoot zitten. 'Die van ons was hartstikke te gek.'

'Mooi,' zei Blair zonder veel enthousiasme. Ze gaf de meisjes allemaal een stencil. 'Lees dit maar even voor we beginnen.'

De vriendinnen wierpen een blik op het stencil en giechelden alsof ze wilden zeggen: Alsof we het dáár ooit over gaan hebben. 'En, Serena, heb je nog modellenwerk gedaan in de vakantie? Ik hoorde dat je een sessie had met het Zweeds olympisch snowboardteam, voor lippenbalsem of zoiets?' vroeg Mary Goldberg.

Serena glimlachte spottend. Mensen verzonnen zulke krankzinnige onzin over haar, ze zou bijna wensen dat het waar was. 'Yep, het was helemaal gaaf!'

De twee andere leden van de groep, Jenny Humphrey en Elise Wells, kwamen met hun lunch in bruine papieren zakken naar de tafel. In plaats van de verlepte salade of de vissticks met patat uit de kantine aten ze loempia's van de Chinees aan Lexington Avenue, aan de deur van de school voor hen afgeleverd. Het was altijd weer verrassend om te zien hoe uitgekookt die twee meiden konden zijn, terwijl ze, ondanks Jenny's gigantische boezem, een toonbeeld van onschuld en braafheid waren.

'Jenny is depri,' verkondigde Elise toen ze ging zitten. Ze peuterde een stukje garnaal uit haar loempia en stak het in haar mond. 'Ze heeft dringend raad nodig.'

Jenny stootte haar vriendin geprikkeld aan. 'Er is niets met me aan de hand.' Ze staarde naar haar loempia, die onaangeroerd in een diep bad van zoetzure saus lag te weken. Na wat zij ermee had gedaan, was hij eigenlijk niet meer te eten.

'Zie je, Leo bleek een volkomen normaal iemand te zijn, in plaats van een Franse hertog of zo,' legde Elise uit, alsof ze allemaal precies wisten, of zelfs maar wilden weten, wie Leo was. 'En hij weet alleen maar zo veel van bont en hondenlaarsjes omdat hij de hond van mevrouw T. uitlaat, en iedereen weet dat zij kilo's bont draagt.'

Blair gaapte onbehouwen en gooide een zakje suikervervanger leeg in haar thee, alleen maar om iets te doen te hebben. Hopelijk zou Serena dit varkentje wassen.

Opeens griste Serena het lege zakje van de suikervervanger uit Blairs hand. Ze schreef er iets op en gaf het terug.

Hij is nog steeds verliefd op je, las Blair.

De andere meisjes keken van de een naar de ander. 'Wat dóén jullie?' zeurden Mary Goldberg en Vicky Reinerson, geërgerd omdat ze werden buitengesloten.

Blair vouwde het zakje op en liet het in haar tas vallen. 'Zo, wie van jullie kan breien?'

Jenny kon het niet helemaal volgen. 'Ik. Ik heb het vorige zomer op kunstkamp geleerd.'

Blair snoot haar neus. 'Leren ze je op kostschool niet breien?' snifte ze in Serena's richting.

Serena haalde haar schouders op. 'Ik heb het nooit geleerd, maar alle modellen doen het. Bij modeshows doen ze achter de coulissen niets anders.'

'Wij hebben het altijd willen leren!' kweelden Cassie, Mary en Vicky.

'Breien?' vroeg Elise, die helemaal de kluts kwijt was.

Blair ritste haar buideltas van Coach dicht en stond op. 'Kom mee,' zei ze, 'we gaan wol kopen. En na school gaan we bij mij thuis schoentjes breien.'

Aan de andere kant van de kantine zat die kale mafkees, Vanessa Humphrey, hun bijeenkomst te filmen. Voor haar op tafel tolde en knipperde een of ander raar roze ruimteschip.

Serena stond op en pakte haar spullen. 'Je bedoelt sokken,' corrigeerde ze.

'Nee. Schoentjes,' hield Blair glimlachend vol.

Het was in elk geval iets wat je met je handen kon doen, behalve roken. En na school was een prima tijd, vooral nu de jongens elders doende waren.

De jongere meisjes liepen achter Serena en Blair aan door de imposante blauwe deuren de school uit, opgewonden bij de gedachte dat ze met de coolste meiden van de hele school op excursie gingen.

Na al die koude maanden was de warmte van de zon een hele schok.

'Het spijt me dat we ruzie hadden,' zei Serena tegen Blair toen het groepje in de richting van Third Avenue begon te lopen. 'Het is zo zinloos, want we worden toch altijd weer vriendinnen.'

'Geeft niet,' zei Blair, als een kat in de zon traag met haar ogen knipperend. Misschien kwam het door het weer, maar opeens voelde ze zich ongewoon optimistisch. Elke dag werden er baby's geboren die een coole naam als Yale kregen, jongens en meisjes die het hadden uitgemaakt kwamen weer bij elkaar, hartsvriendinnen maakten ruzie en sloten weer vrede, mensen werden toegelaten op universiteiten – vooral op een universiteit die Yale heette. 'Het is zulk lekker weer. Volgens mij kunnen we na school beter naar het park gaan dan naar mijn huis.'

'Ik kan wel even snel naar huis rennen om een deken te halen,' bood Serena aan. 'Dan zien we elkaar op de Meadow.'

O jee.

ze konden niet wegblijven

'Wedden om vijftig dollar dat ze niet komt.' Anthony Avuldsen daagde zijn vrienden uit. Hij, Nate, Charlie en Jeremy waren meteen na school naar de Sheep Meadow gelopen om te kijken of een zekere populaire internetpersoonlijkheid inderdaad zou komen opdagen.

Het was lekker weer en een stel jongens was al met een frisbee aan het gooien. Nate herkende Jason Pressman, een onderbouwer uit het lacrosse-team van St. Jude's, en liep naar hem toe om gedag te zeggen.

'Hebbie al gehoord van Holmes?' vroeg Jason. Er lag een grote zak wiet in zijn schoot en hij zat strakke stickies te draaien, die hij naast elkaar in een oud pepermuntblikje legde.

'Ik heb gehoord dat hij zoek was.' Nate likte zijn lippen af toen hij zag hoe Jason wiet in een netjes doormidden gevouwen vloeitje sprenkelde.

'Hij zit vást,' zei Jason. 'Die gast is betrapt op het vliegveld van Miami, met een hele baal hasj, weet ik veel.' Hij likte het stickie dicht en liet hem in het blikje vallen. 'Hij is geschorst. Volgens de coach móét je nu wel aanvoerder worden.'

Anthony, Charlie en Jeremy zaten een eindje verderop ook jointjes te draaien. Nate draaide zich naar hen om en grijnsde. Dat hij geen aanvoerder had willen worden en het uiteindelijk toch werd, was een nog veel beter verhaal. Trouwens, hij had het verdiend.

Jason stak een arm omhoog en sloeg tegen Nates hand, waarbij hij hem tegelijk een stickie gaf. 'Goed werk, man.

Gefeliciteerd.'

'Hé, bedankt.' Nate hield het stickie in zijn vuist. 'Wat een dag,' stelde hij vast, en hij legde zijn hoofd in zijn nek om de zon op zijn gezicht te voelen. Het was maar goed dat er meer jongens dan meisjes waren, anders was het gras nat geworden van het kwijl.

De Meadow stroomde vol met jongens die deden alsof ze toevallig allemaal zonder speciale reden in het park waren. Chuck Bass zat in kleermakerszit op een rode plaid, met op zijn hoofd een zwarte baseballpet met *Skipatrouille Sun Valley* erop. Op zijn schouder zat een klein wit aapje.

Ja, inderdaad. Een levend, klein wit aapje.

Chuck was een eikel, maar er viel wel altijd iets met hem te beleven. Nate was te nieuwsgierig om er niet naar te vragen. Hij stak het stickie dat Jason hem had gegeven op en liep naar Chuck toe. 'Wat is dat eigenlijk?' vroeg hij, diep inhalerend.

'Een sneeuwaapje. Uit Zuid-Amerika.' Chuck krabbelde het aapje onder zijn kin, terwijl het aapje met gouden ogen vol vertrouwen naar Nate opkeek. 'Sweetie, dit is Natie. Natie, dit is Sweetie.'

'Waar heb je haar vandaan?'

Chuck niesde en snoot zijn neus in een roze zijden zakdoek. 'Hém. Georgies moeder stuurde hem als bedankje naar mijn ouders, weet je, omdat ze haar van dat hele exhibitionisme-fiasco hebben gered.' Hij streelde Sweeties lange witte staart, die als een dure bontstola van zijn linkerschouder afhing – alleen leefde deze stola nog. 'In de dierentuin hier in Central Park hebben ze trouwens ook sneeuwaapjes, maar als huisdier zijn ze heel zeldzaam. Mijn moeder vindt dat Sweetie stinkt, maar ik heb nu mijn eigen flat op Sutton Place. Dus ik mag hem hebben.'

Tjonge, boft hij even.

'Cool.' Nate had het nu wel gezien met die aap en was wel weer eens aan iets anders toe.

'Hé, Nate!' schreeuwde Jeremy. 'Deze gast gaat met je oude vriendinnetje. Die derdeklasser met die gigantische tieten!'

Zeven meter verderop zaten Jeremy, Charlie en Anthony te praten met een jongen met platinablond haar, die Nate bekend voorkwam, al wist hij niet waarvan. Hij liep op het groepje af en gaf de jongen met het stickie nog in zijn mond een hand, als Humphrey Bogart of zo.

'We gáán niet met elkaar,' wierp Leo zenuwachtig tegen. 'We hebben elkaar op het net ontmoet en toen zijn we vrienden geworden en toen...' Hij zweeg en keek Nate fronsend aan. 'Hé, ik wist helemaal niet dat ze iets met jou had gehad.' Hij stak zijn handen in de zakken van zijn spijkerbroek en schopte in het gras. 'Trouwens, we praten niet eens meer met elkaar.'

Op dat moment liepen Serena van der Woodsen en Blair Waldorf de Meadow op, gevolgd door vijf jongere meisjes, onder wie Jenny Humphrey, de beruchte 'derdeklasser met de gigantische tieten'. De meisjes hielpen Serena een enorm rood picknickkleed op het gras uit te spreiden. Daarna gingen ze dicht bij elkaar in een kringetje op de deken zitten. Blair gaf iedereen een bolletje zachtgele wol en een stel roze breinaalden.

'Eerst moeten we op één naald steken opzetten,' instrueerde Jenny. Ze maakte een lusje, stak de breinaald erdoor en begon. De andere meisjes bogen zich naar haar toe om te kijken.

Nog geen twintig meter bij hen vandaan pafte Nate nog steeds zijn stickie. 'Maar je vindt haar leuk. Ik bedoel, geef toe. Je kunt haar moeilijk níét leuk vinden.'

Leo bloosde. 'Ja.'

'Waar ben je dan mee bezig? Loop gewoon naar ze toe' – Nate wees naar de meisjes die in een kring op het rode kleed zaten – 'en geef haar een zoen. Dat zou ik doen.' Hij had het nog niet gezegd of hij besefte dat hij dat met Blair zou moeten doen: gewoon naar haar toe lopen en haar een zoen geven. Al die tijd dat hij van de wiet af was, was hij geil geweest, maar als hij stoned was, was hij romantisch. Dat was een van de dingen die Blair zo leuk aan hem vond.

'Ik weet het niet,' zei Leo zachtjes. 'Een andere keer misschien.'

'Ja,' vond ook Nate. Dit was niet zo'n goed moment.

De vijf jongens zaten nog steeds naar het groepje breiende meisjes te kijken toen Dan eraan kwam. Hij zag er net zo verlopen en koffieverslaafd uit als altijd, en tussen zijn bleke, trillende vingers bungelde een vochtige Camel.

'Hé, is het uit tussen mijn zus en jou of zo?' vroeg hij aan Leo.

Leo keek hem hulpeloos aan. 'Ik weet het eigenlijk niet.'

Dan draaide zijn slordige hoofd de andere kant op en nam zijn omgeving in zich op. Zijn klasgenoot en Grootste Eikel Aller Tijden, Chuck Bass, zat op de grond met een wit aapje op zijn schouder. Die ochtend had hij hem zelfs mee naar school genomen, maar hij had hem van de leraren naar huis moeten brengen. Toen zag Dan iets waarvan hij zijn brandende sigaret in het natte gras liet vallen.

Drie meter achter Chuck zat Vanessa geknield op een rode deken, haar gezicht verborgen achter de camera. Voor haar stond de roze UFO die hij haar had gestuurd op een uitklapbaar krukje wild te tollen en te knipperen. Dan hoorde nog net het opgewonden Japanse liedje dat uit het speeltje kwam, en hij kreeg zin om een klein vreugdedansje te doen.

Niet dat hij echt zou gaan dansen.

Nate zoog aan het restant van zijn stickie en knikte met zijn hoofd in de richting van Vanessa. 'Zou zij het zijn?'

'Echt niet,' zei Dan, hoewel hij zich stiekem afvroeg of Vanessa misschien de sexy internetmeesteres was voor wie ze allemaal waren gekomen. Echt iets voor haar om iets te doen wat helemaal niets voor haar was en iedereen te grazen te nemen. 'Misschien komt ze niet.'

Nate schoot de peuk in Chucks richting. 'Tenzij ze er al is.'

De zes jongens dachten een tijdje gniffelend over Chuck na. Hoewel deze anticlimax alleen voor jongens bedoeld was, waren er best veel meisjes. Kati Farkas en Isabel Coates stonden Chucks aapje te aaien en intussen het breiclubje van Serena en Blair te bespioneren.

'Wat doen ze nou?' zeurde Kati. Ze krabde Sweetie achter zijn oren en het aapje ontblootte zijn tanden.

'Hij heeft heel gevoelige oren!' waarschuwde Chuck.

'Misschien breien ze dingen om drugs in te verstoppen. Ik heb gehoord dat smokkelaars baby's gebruiken om drugs naar andere landen te smokkelen,' opperde Isabel, wanhopig wensend dat zij ook in dat kringetje zat.

'Vind je het niet heerlijk dat iedereen ons aanstaart alsof we... heksen zijn of zo?' fluisterde Serena.

De andere meisjes giechelden samenzweerderig.

Blair veegde haar neus af en deed nog wat lipgloss op. Het was haar niet ontgaan dat Nate een van de mensen was die naar hen keken. 'Ze snappen er niets van,' beaamde ze verveeld, hoewel ze al die aandacht vrát, net als de andere meiden.

Haar stiefbroer, Aaron Rose, kwam met zijn gitaar op hen af en ging op een hoekje van het kleed zitten. 'Wat zal ik spelen?' vroeg hij.

'Doe maar wat.' Ze begonnen het recht-averecht allemaal net door te krijgen, maar ze werden gek van de muziek van Vanessa's gestoorde roze speeltje.

'Stir it up, little darling, stir it up...' begon hij. Het was zijn favoriete reggaenummer. Aaron was alleen gekomen om te zien of Blair het meisje was over wie iedereen zo'n drukte maakte. Wat hem betreft konden ze het allemaal zijn.

'Je kunt nooit weten,' stelde meer dan één jongen op de Meadow vast.

Dat klopt. Je kunt nooit weten.

gossipgirl.nl
topics | vorige | volgende | stel een vraag | reageer

Disclaimer: alle namen van plaatsen, mensen en gelegenheden zijn veranderd of afgekort om de onschuldigen te beschermen. Mij, vooral.

ha mensen!

OVER GISTEREN

Sorry, jongens, maar jullie zijn gepiepeld! Ik weet dat het heel gemeen van me was om me niet bekend te maken, maar geef toe, jullie zijn nader tot elkaar gekomen, en was het niet leuk? Net wat jullie nodig hadden, toch? Het mooiste was dat jullie dat lieve aapje mochten aaien. En hoewel jullie het niet graag toegeven, vinden jullie het best fijn om niet te weten wie ik ben, want jullie vinden het zálig om je voor te stellen hoe ik eruitzie. Ik ben het meisje van jullie dromen.

WAT WE NIET WETEN EN WEL DOLGRAAG WILLEN WETEN

Komen ***N*** en ***B*** weer bij elkaar?

Vindt ***S*** iemand om van te houden?

Zullen ***V*** en ***D*** elkaar vergeven en nog lang en ongelukkig leven?

Horen we nog van ***G***? En willen we dat?

Komen ***J*** en ***L*** eruit? En wil zij dat?

Komt ***C*** uit de kast?

En ik?

Jullie weten dat ik popel om op bovenstaande vragen antwoord te geven. Maar eerst bouw ik een altaar voor de beschermheilige van toelatingen. Elke dag koop ik een cadeautje voor de heilige, zoals die kralenslippers waar ik op de schoenenafdeling van Barneys mijn oog op heb laten vallen, of dat gave roze tasje waar iedereen het over heeft en dat in geen een winkel te koop lijkt te zijn. Als ik dan niet mag studeren waar ik graag wil studeren, heb ik altijd nog een heleboel troostprijzen. En als het wel lukt heb ik een excuus om mezelf te belonen met nog veel meer cadeautjes. Hoe dan ook, ik kan er alleen maar beter van worden. En dat geldt ook voor jullie!

Je weet dat je van me houdt,

gossip girl

Ben je verslaafd aan

GOSSIP GIRL?

Verschijnt najaar 2005

Kijk voor de laatste roddels op

www.gossipgirl.nl